「…たまらないな」
自分の舌をべろりと舐めると、喰いつくようにフィネスに口づけた。

Cocktail Kiss Label

諸侯さまの子育て事情

義月粧子
Syouko Yoshiduki

この物語はフィクションであり、実在の人物・団体・事件等とは、いっさい関係ありません。

Contents

イラスト・小禄

諸侯さまの子育て事情

彼が入ってきた瞬間、ざわついていた室内がすっと静まり返った。

ひときわ長身のその男は、そこだけ空気が変わったような圧倒的なオーラを放ち、颯爽《さっそう》とマントを翻して席に着いた。

この屋敷の主であるルドルフ・ファーガスだ。

ファーガスの地を治める諸侯で、彼ら諸侯は国王から領域支配を認められている。

三代前の国王の時代に諸侯間の争いは終止符が打たれ、それ以降は武力による領地争いは厳しく禁じられることになった。

諸侯たちは自らの英知で領地を豊かにすることを目指すと同時に、政治力で領土を広げることを画策する。

大諸侯たちはより強い基盤を作るために、また力のない諸侯たちは大諸侯の政治力に呑み込まれることのないよう、それぞれがそれぞれの思惑で、目的に応じて諸侯同士の同盟が各地で結ばれていた。

ファーガスもいくつかの同盟を結んでいて、この日の同盟会議は周辺地域の繁栄を目的としたものだ。ファーガスを始めとする八つの地域の諸侯が参加していた。

ルドルフ・ファーガスは、病気療養をキッカケに父が早々に引退したためまだ二十代で後を継ぐことになったが、早くもかつて盟主と云《い》われた祖父をも勝るとも劣らないという評価を受けている。

彼の男性的な整った顔立ちはどこか神々しくて、短く刈り込んだ黒髪が精悍《せいかん》さをより印象付けている。強い光を放つ黒緑の瞳は、誰もが引き込まれてしまう。

ルドルフは長い脚を組むと、ぐるりと出席者を見回した。

「始めようか」

諸侯たちが集まる会議の席で、ルドルフの視線が一人の男に留まった。

「…そなたは…」

促されて立ち上がった男は胸の前に手をあてて一礼すると、まっすぐな視線をルドルフに向けた。

集まった諸侯の中でルドルフは群を抜いて若かったが、その男は彼よりも更に若く見える。そして彼もまた印象的な容姿だった。

やや長めの薄茶色の髪がやわらかく華奢《きゃしゃ》な輪郭をふわりと囲み肌は抜けるように白い。どこか冷めた印象を与える白緑の目が、美しく整った容貌を際立たせていた。

「フィネス・カーライルにございます。父は、先の災害の被害報告のため王宮に、兄は被災地の視察で出席かなわぬため、私が代理を務めさせていただきます」

女性的な容貌だが、声はその容姿から想像よりはいくぶん低く独特の艶《つや》がある。

「カーライル侯の……」

ルドルフは少し目を細めてフィネスを見た。何か云おうとしたが、やめてうっすらと微笑んで見せた。

フィネスはそんなルドルフを一瞥《いちべつ》すると、ひらりとマントを跳ねあげて着席した。その立ち居振る舞いは、いちいち優雅である。

それもそのはずで、カーライル家は国王の遠縁にもあたるほどの名家で、これまでも文化的な貢献度は高く尊敬されてきた。しかし文武両道とはいかず、度重なる戦争でかなりの規模の領地を奪われてしまい、平和な時代になってからも財政は常に厳しかった。天候が悪化すると大きな被害が出る地域もあって、財政難に拍車をかける。

「同盟諸侯との会議よりも視察を優先させるとは……」

カーライル侯と折り合いの悪いオーク侯が、フィネスを軽く見たのかこれみよがしの嫌味を云う。

それを聞いたフィネスは、オーク侯を流し見た。

「災害処理は最優先で取り組むのが基本と心得ます。処理を先延ばしにして再び豪雨となれば被害は更に拡大し、我が領地に留まりません」

「そ、そんなことはわかっておる！」

オーク侯は思わず怒鳴った。どうやらフィネスが云い返してくるとは思っていなかったようだ。というのも、フィネスの父は争い事を好まないタイプで、これまでオーク侯の嫌味に対しても黙って受け流すことが常だったのだ。それが、こんな女性のような容姿の若造に反論されたとあっては、怒りが収まらない様子だ。

「私が云いたいのはそういうことではなく…！」

「そういうことではなく？」

冷静に応じるフィネスを、オーク侯が睨《にら》み付ける。

「会議を軽視しておられると云っているのです！　災害処理など他の者に任せられるはず」

「…軽視ですか。私の記憶違いでなければ、二年前の九月にオーク侯が外遊のために臣下の方を代理にされたことがありましたが、貴方《あなた》も会議を軽視されていたと？」

オーク侯の顔が怒りと羞恥で赤く染まる。

「け、軽視などではない！　外遊は大事な仕事ゆえ…」

「災害処理も同様かと」

さらっと返す。オーク侯はぐうの音も出ない。

「そのときも会議は滞りなく行われていたようですし、臣下の方が決定権をお持ちでなかったため、オーク侯が帰国されるまで署名が先延ばしになりましたが、それも些末《さまつ》なこと。なんの問題も感じておりません」

フィネスのたっぷりの皮肉に、オーク侯は醜く顔を歪《ゆが》める。

「…そんな何年も前の話を持ち出すとは。どうやらお父上から目上の者に対する態度を習わなかったと見える」

とっくに詰んでいるのにまだ引けないでいる老人に、フィネスは憐《あわ》れみの視線を返す。

そのとき、やんわりとルドルフが口を挟んだ。

「活発なやり取りは悪いことではない。が、そろそろ会議を始めたい」

どちらの肩を持つこともなく、促す。

「これは失礼した。すぐに始めてもらいたい」

オーク侯は、まるで自分が云いがかりの被害者であるかのように苦笑してみせる。が、フィネスはその挑発にはのらなかった。誰が見ても、オーク侯の言い分に分がないのは明らかだ。なので、小さく頷《うなず》いただけだった。

「ではこれより会議を始める。先《ま》ずは境界地の警備の問題だが…」

ルドルフの言葉を記録係が書き留めていく。

ファーガスはこの同盟の中では群を抜いて財政が豊かで、リーダー的存在でもある。それは当主がルドルフになっても継続している。

まだ二十代の領主が同盟のリーダーになることをおもしろく思わない諸侯たちがいないわけでもないが、それでもルドルフのオーラには黙り込むしかなかったのだ。

ルドルフの会議の進め方を見ていたフィネスも、彼が充分に勉強していることを認めないわけにはいかなかった。彼はこの同盟地域の問題点を理解していて、それを解決するアイディアをいくつも用意していることが読み取れたからだ。

「では新たな警備システムに関しては納得していただけたということで。次は…」

ルドルフが出席者を見回して、フィネスのところで視線が留まった。

「ああ、そう。さきほども先の洪水の話が出たが、今現在わかっている被害状況を報告してもらいたい。地域の状況を把握して、今後に活《い》かせたらと思う」

「それなら、この地図が…」

フィネスは作成中の地図を取り出して、テーブルに広げた。

「まだ視察していない地区もありますが…」

地図はカーライルの領地だけでなく、周辺地域にも及んでいる。

「…この一帯の畑が全滅か」

ルドルフはフィネスに同情の視線を投げた。

「ちょうど収穫前で、大きな被害がでております。国王にも援助を要請しております」

それを聞いたオーク侯が再び口を出す。

「自然のことは誰にも文句は云えない。それで税を免れようと云うのはどうかと…」

どうやらさっきの仕返しのつもりらしい。

「被害が大きいケースは国も保障すると、国王が認めておられる」

フィネスは淡々と返した。が、面子《めんつ》を潰されたと思ったオーク侯は、何とか彼を凹《へこ》ませたいようで、尚《なお》も食ってかかる。

「だから、そういうことに甘えるべきではないと」

「甘える…?」

フィネスは小さく呟《つぶや》いて一瞬ぴくりと眉を震わせた。が、敢《あ》えて微笑んでみせる。

「それはご立派な心がけでいらっしゃる。オーク侯はそのようになさるといい。しかし、我が領地は貧乏なので、甘えられるところは最大限甘えさせていただく。そして補助を受けてしっかりと再建して、国王に恩返しできればと考えております。領民に我慢を強いても、何も生み出しません」

毅然と返す。しかしそのフィネスの考え方は、オーク侯だけでなく、他の諸侯たちの反発を招いた。

「なんと…。僭越《せんえつ》ながらアドバイスさせていただくが、それは手を尽くした末での最後の手段ではないかと」

「そのとおりですな。若いときの苦労は買ってでもせよと申します」

ナセル侯とサンダー侯が、オーク侯の意見を支持する。

苦労知らずが何を云っているかとフィネスは内心鼻で笑う。苦労など売るほどある。これ以上何が哀しくて自分から買わなければならないのかと。

「フィネス殿も経験を積めばいつか理解されるでしょう」

「カーライル家は国王とは遠縁でいらっしゃるから特別待遇を受けやすいとはいえ、少しは控えられた方が…。日ごろから備えをしておくことで、このような場合でも国の支援に頼らずに済みますし」

「おお、サンダー侯はまだお若いのにそのようにお考えとは。私も息子たちには、できるだけ自分で解決するようにと教えております」

お互いを褒《ほ》め合っているのを、フィネスは内心溜め息をついた。が、それを顔に出すことなく大袈裟《おおげさ》に頷いてみせる。

「侯たちのアドバイス、心に留めておきます」

「ほう。おわかりいただけたと…」

満足そうなオーク侯たちを、フィネスは涼しい顔で見回した。

「ひとつ気になったのですが、サンダー侯の仰《おっしゃ》る特別待遇とはどのようなことでしょう？」

「は？」

「まさか、王宮が、国王が、カーライルを遠縁だからと依怙贔屓《えこひいき》しているという意味ではありますまいな？」

サンダー侯の表情が変わった。

「もしそうなら聞き捨てなりませんな」

「そ、そのような意味では…」

「それなら、特別待遇という言葉を訂正なさった方がいい。父は法が定める範囲で補償を申し出ております。そのために詳細な調査書を提出して、正式に認めていただいている。その範囲を逸脱してと仰るなら、それ相応の証拠を出していただかないと」

補助を得るのは実は簡単なことではなかった。

王宮公認の技術者に費用を支払って、公平な目で調査してもらって報告書を作成するだけでも大変な手間がかかるのだ。何代も前の親戚関係で融通をきかせてもらえるほど、王宮は甘くはない。中には手続きの煩雑さゆえに諦める諸侯もいるほどだが、カーライルはそうした諸侯の相談にのることさえある。権利は正しく主張しないと、絵に描いた餅になってしまう。

「…た、たとえばの話であって、必ずしもそう決めつけているわけでは……」

フィネスは思わず眉を寄せた。正直なところ、彼にはなぜ彼らがこんな言い訳をするのかわからないのだ。訂正すれば済むだけのことを、つまらないプライドに拘《こだわ》って言い訳を重ねる。領主であるなら自分の言葉が領民の生活を左右することもあることを、少しは意識すべきではないかと、フィネスは思っていた。

「フィネス殿、そのような揚げ足は控えた方がよろしいのでは？」

オーク侯は助け舟を出したつもりらしいが、それはフィネスには通用しなかった。

「揚げ足とは？　会議での発言での真意を確認することにどんな問題が？」

「そ、そなたはサンダー侯にやり込められたのが悔しくて…」

やり込められたつもりなど露《つゆ》ほどもないフィネスは、思わず苦笑を漏らす。

「何を仰ってもかまいませんが、それはすべての記録に残ることをお忘れにならない方がいい」

フィネスの言葉に、オーク侯たちは思わず押し黙った。

そのとき、それまでずっと黙って聞いていたルドルフが記録係を振り返った。

「止めて」

速記を中断させて、記録紙を受け取る。

「…オーク侯のアドバイス云々《うんぬん》以降の会話には、雑談の一部であると注釈を入れておいてはどうでしょうか」

オーク侯たちを見回した。彼らの表情に安堵《あんど》が浮かぶ。

「それでよろしいですね。それとも訂正されますか？」

ルドルフの言葉に、フィネスだけが内心眉を寄せた。

「もちろんそれでけっこうです」

「さすがのご配慮。私も異論はございませぬ」

オーク侯たちは満足そうに云うと、勝ち誇ったような顔でフィネスを見た。

「フィネス殿は？」

ルドルフは涼しい顔でフィネスに確認をとる。

「…皆様がそれでよろしいなら」

フィネスは感情のない声で返した。

「けっこう。ではそのように」

記録係は、急いで一文を付け足す。

フィネスはルドルフの様子をそっと窺《うかが》う。が、彼の表情には特別なものは表れていない。

（タヌキめ…）

そう思うと同時に、オーク侯たちの危機意識のなさに呆《あき》れてもいた。たとえ雑談であったとしても、サンダー侯は国王を揶揄《やゆ》するとも受け取られかねない言葉を議事録に残してしまったのだ。

今の国王は比較的穏やかだが、この先に攻撃的な国王が継承するかもしれない。そのときにこの一文が領地没収の根拠にされることもある。そういうことはこれまでにだっていくらでもあった。どんな意味にも受け取れる言葉を会議の席に残してはいけない。それは自分の代だけの話ではないのだ。

そして恐らくそれを承知の上で、ルドルフは議事録に残すよう誘導したのだ。フィネスに謝罪して訂正を願い出ればその傷を多少なりとも防げただろうに、その機会を与えなかった。

フィネスは自分もまた利用されてしまっていることに気づいた。このファーガスの若長《わかおさ》を侮ってはいけない。フィネスは更に慎重になった。

会議が終わってルドルフが部屋を出ると、オーク侯たちも贅沢《ぜいたく》な馬車でそれぞれの領地に戻っていく。

フィネスも自分の馬を繋《つな》いでいる厩舎《きゅうしゃ》まで向かう。その途中、隅々まで手入れが行き届いた庭を、フィネスは羨望の目で眺めた。庭だけでない、屋敷の壁は丁寧に修復されていて、外壁にもひび割れひとつ見当たらない。

ファーガス邸はこれみよがしの豪華さはないが、豊かさに満ち溢《あふ》れている。快適さのためには多少の出費は惜しまないという主《あるじ》の気持ちが見て取れる。

カーライル家の屋敷は歴史はあるものの、いかにも古めかしい。快適とは言い難いし、庭の維持費も最小限で、いい具合に荒れている。

「フィネス様、お帰りですか」

フィネスに気づいた馬丁が声をかける。

「ああ。世話になったな」

「よい馬ですね。落ち着いていて…」

そこまで云いかけて、馬丁がいきなり背を正した。

「お館様…！」

振り返ると、ルドルフだった。マントを外して、乗馬用のブーツに履き替えている。

「フィネス殿。護衛もつけずに来たのか」

「…乗馬は得意です」

しれっと返すと、再度広い庭に目をやった。

「…見事なお庭ですね」

「腕のいい庭師たちのおかげだ」

手袋をしながら返すと、ひらりと馬に飛び乗った。

「ちょうどいい、案内しよう」

「は？」

「きみに見せたいものがある」

そう云うと、ぐいと手綱を引く。フィネスは断るわけにもいかずに、仕方なく彼に付き合うことになった。

「次回からはカーライル侯に代わって貴君が出席されるといい」

並んで馬を進ませながら、ルドルフはそう提案した。

「カーライル侯の慎み深さは彼らには通じない。侮るばかりでよい結果をもたらさない」

フィネスはルドルフの腹の内を読み切れなかったため、それには返事をしなかった。

「…ファーガス侯、貴方は…」

「ルドルフでよい」

「…ルドルフ殿、貴方はわざとサンダー侯の言葉を議事録に残させましたね」

その言葉に、ルドルフはふっと微笑《わら》ってみせた。

「きみは、辛辣に見えてやはりカーライル侯の息子だな。彼らに訂正の機会を与えてやるとは心根が優しい」

「…甘いと？」

「優しいと褒めている」

そう云われても褒められている気になるはずもなく、フィネスは内心眉を寄せた。

「結果的に、私が訂正を勧めたことでサンダー侯が頑《かたく》なになってしまった。少しも優しくありません」

「それは彼の問題だ。領民の生活よりも自分のプライドの方が大事なのだから、いたし方あるまい」

フィネスは慎重に振る舞ったが、ルドルフはまるで気にせずずけずけと云い放つ。

「あのような領主を持って領民は不幸だ。自分の考えに凝り固まった年寄りはいいかげん引退して、息子か孫に領主を譲るべきだ。そうは思わぬか？」

フィネスが軽率に同意するとは思っていないだろうが、それでもルドルフはわざと彼に同意を求める。

「…サンダー侯の子息はまだ成人されてなかったと」

フィネスはしれっと返す。それを聞いてルドルフは再び微笑してみせる。

「そうだったな。引退するならオーク侯が先か」

フィネスを挑発するように云う。が、それにはのらなかった。

「…そんなことより、私に見せたいものとは？」

さっさと話題を変えるフィネスに、ルドルフは小さく微笑む。

「それはこの奥に…。それより、今回の水害の原因は把握しておられるか？」

「まあ、だいたいのことは…」

いずれは調査の結果は公表することになるので隠すつもりはなかったが、まだ不確実なこともあるのではっきりしたことは云えなかった。

それを汲《く》んでか、ルドルフはすぐに意図を説明し始めた。

「実は臣下に地形に詳しい者がいて、ルアール川の氾濫《はんらん》のことを調査したがっている」

「ルアール川ですか？」

ファーガスの領地にルアール川は直接関係はないはずだ。

「彼が云うには、我が領地のマルタ湖は、ルアール川の上流から枝分かれした川が残した三日月湖である可能性が高いと」

フィネスは驚いて、彼を見た。

「…マルタ湖はクレル川の三日月湖では？」

「そう思われていたが、周辺を詳しく調査した結果、どうやら地質が異なるようだ」

三日月湖とは蛇行した川の一部が残ったものだ。

ファーガスに地形の専門家が複数いて、領内をかなり詳細に調査していることはフィネスも聞いていた。カーライルでもそうした調査の必要性は充分感じてはいるものの、とてもそこまで手を回せなかったのだ。

「マルタの集落に残る仕事唄にも、大雨の日にはマルタ湖の東側には近づくなという言い伝えがある。先祖が遺した警告とも考えられる」

マルタ湖はすぐ西にあるクレル川の三日月湖だと思われていたので、この子守唄も西側の間違いではないかと思う者も少なくなかった。それでも西側だといかにも語呂が悪く、やはり東に落ち着くのだ。

そして、歌の警告どおりマルタ湖がルアール川の支流の三日月湖だとすれば、今のルアール川の川筋以外にも何百年か前に姿を消した支流が存在していたことになる。もしそれが本当なら、これまでにない大雨が何日も降り続いたら、なくなったはずの川が再び現れて、東側一帯はすべて水に浸かることになりかねない。

ルドルフが調査を願い出るには、充分な理由ではありそうだ。

フィネスは即答を避けたが、この情報は軽く見ない方がいいと思った。水害の原因は治水工事で川筋が人工的に変えられたケースというのがままある。

とはいえ、周辺地の情報を得るためのエサという可能性も充分にある。抜け目のないファーガス侯を簡単に信じるわけにはいかない。

「調査の件は、父と相談してみないと何とも…」

「ああ。そちらの懸念は理解している。その上で納得できる条件を出してもらっていい」

フィネスの考えを見透かしたように、さらっと返す。

「わかりました。できるだけ早く返事させていただきます」

ルドルフは軽く頷くと、そのまま馬を森に進めた。

「…どこまで行くのですか？」

ルドルフの目的がわからずに、フィネスもさすがに不安になった。

「この奥に珍しい木がある。庭師が云うには、何代か前の当主がカーライル家から苗木を譲り受けたものが成長したもののはずと」

「うちの？」

「秋になると山吹色の花が咲いて、独特なよい香りがする。東洋原産と聞いている」

「……」

カーライルの先祖には東洋との貿易で成功した者がいた。屋敷にはそのときに集めた陶器や絵が、僅かだが今も残っている。

「確か、あの木だ」

ルドルフが指さした木には、小さな黄色の蕾《つぼみ》がたくさんついていた。

「まだ蕾なのであまり匂いはしないが、花が咲けば濃い匂いがあたりに満ちて…」

ルドルフが云いかけたときに、ふと、風が吹いて微かに甘い香りが彼らに届いた。

「これは……」

その香りは、フィネスの記憶の片りんに触れた。たまらないほどの懐かしさに、胸が締め付けられる。

「何か憶《おぼ》えが…？」

「ええ。たぶん…、知ってる匂いだ…」

「やはりそうか」

ルドルフは馬から下りると、木に近寄った。フィネスもそれに倣う。

「やはり、まだそれほど匂いはしないな」

その香りからフィネスは記憶を辿《たど》っていく。

「…私が三歳になる年に大きな火事があって、庭の一部を焼失しました。そのときにこの木は全滅だったと聞いています。祖母が好きな花で何度かその話をしてくれたことが…」

「庭師もその火事は覚えているようだ」

「家屋には延焼しなかったので、私自身は火事の記憶は殆《ほとん》どありませんが、この匂いには覚えがある……」

幼い頃に母や祖母に抱かれて、いっぱいにその花の匂いを嗅いでいたのだろう。

「よければお譲りしたい」

「え……」

「祖父がこの花が好きで毎年のように増やしていた。ときどき一部の木が弱ることがあっても、幸い全体に影響はなかった。が、病気や災害はいつ起こるかわからない。異なる土地で育てればリスクを分散できると、庭師は云っている」

「なるほど。お力になれるかはわかりませんが、木を譲っていただけるのは嬉しい。祖母は喜ぶと思います」

フィネスはそう返すと、木に近寄って再度匂いを嗅いでみる。

「……確かにまだあまり匂いはしませんね」

蕾が全部咲いたときの匂いを想像すると、残念でならない。

「もうすぐ咲くから、また見に来られるとよい」

「いいんですか？」

フィネスの顔がぱっと晴れる。それを見たルドルフの目に小さな光が煌《きら》めいた。

「そなたは…」

目を細めて、フィネスの目をじっと見る。

「…意外に可愛らしい反応をなさる」

「可愛らしい？」

フィネスは、むっとした顔で返した。

「そういうところも素直でよいが…」

揶揄《からか》われたと思ったフィネスは、努めて冷静を装う。

「…お話は済んだようですので、私はこれで失礼いたします」

その反応に、ルドルフは笑みを浮かべた。

「屋敷の者には伝えておくので、いつでも好きなときに来られればよい」

「…それはどうも」

明らかに気分を害していたが、それでも殊更丁寧に頭を下げた。

「門までお送りしよう」

「その必要はございません。では、急ぎますので」

冷たく返すと、ルドルフをその場に残して馬を駆けさせた。

どこか見下されていると思ったのだ。女性に対するような扱いも不快だった。どう考えても舐《な》められている。

悔しいが、経験も立場も彼の方が上であることを認めないわけにはいかなかった。


「フィネス様、ようこそおいでくださいました」

使用人頭のボルドーに迎えられて、フィネスは再びファーガス邸に足を踏み入れた。

あまり気が進まなかったのだが、それでも父から託された仕事を簡単に放棄するわけにはいかない。

「主人が戻るまで、お庭を案内するよう云われております」

ボルドーは、フィネスの馬を引いて森の近くまで来た。

そこでは、ポニーに乗った少年が乗馬の練習中だった。

「彼は…」

「ご紹介いたしましょう。トーマス殿！」

ボルドーは家庭教師に声をかけると、フィネスにそっと耳打ちした。

「ルドルフ様のご長男でおられます」

「え……」

フィネスは驚いて馬を下りる。ルドルフは未婚だったはずだが、子どもまでいたとは。

家庭教師は少年に声をかけると、抱き上げて馬から下ろした。

「セオドア様、こちら、お父上のお客様のカーライル様です」

フィネスは腰を屈《かが》めて、少年と視線を合わせる。

ルドルフに瓜二つだ。利発そうな容姿で、ルドルフの少年時代もこんな風だったのだろうと思わせる。ただ、どこか寂しそうに見える。

「初めまして。フィネス・カーライルです」

フィネスは手を差し出して、少年に握手を求める。セオドアは躊躇《ためら》いがちにフィネスの手をそっと握った。

「…セオドア・ファーガスです。カーライルさん、初めてお目にかかります」

誰かに教えられたのであろう言葉を、小さな声で口にした。

整った容姿だが表情に乏しく、何より自信なさげなのがルドルフとは決定的に違う。それがフィネスには気になった。

「乗馬の練習?」

フィネスは微笑を浮かべて少年に聞く。

セオドアは、一瞬フィネスの顔に見入った。が、慌てて目を伏せる。

「…はい」

「上手ですね。姿勢がとてもいい」

しかしセオドアはどう反応すればいいのかわからず、目を伏せたままだ。

フィネスはセオドアが対応に困っているように感じて、微笑したまま立ち上がった。

「どうぞ、練習を続けてください」

フィネスが促すと、セオドアの表情が僅かに落胆したように見えた。

それに気づいたボルドーが、慌ててフィネスを見て目で何かを訴えた。

「セオドア様、少し奥の、山吹色の花の木にフィネス様をご案内しては？」

ボルドーの言葉に、セオドアが慌てて顔を上げる。

「乗馬のお稽古《けいこ》はそのあとでかまいませんよ」

ボルドーは、セオドアとフィネスを交互に見る。そのわけありのような気配を感じ取って、
フィネスはもう一度屈んでセオドアと視線を合わせた。

「先日来たときに、ファーガス侯に案内していただきました。そのときはまだ蕾でしたが、花が咲くととてもいい匂いがすると…」

「…さ、爽やかな、甘い匂いです」

僅かだが少年は微笑んだ。遠慮がちな笑みにフィネスは何かを感じた。放っておけない気持

ちになって、そっと微笑み返す。

「それは、是非見てみたいです」

セオドアの表情が僅かに変化する。そしてちらりと家庭教師を見た。

「…えーと、…私はここで待たせていただきます」

流れを読んだ家庭教師の言葉に、少年ははにかんだ。

「では私の馬で。よろしいですか？」

ボルドーに確認をとると、セオドアを抱き上げて自分の馬に跨《またが》らせた。

「まいりましょうか」

自分もひらりと彼の後ろに跳び乗った。セオドアを抱くように引き寄せると、小さな身体が少し強張《こわば》った。

「少し高いですが、怖くはないですか？」

「だい、丈夫です」

緊張しているのか、まだ身体は強張ったままだ。

「遠慮せずに凭《もた》れて…」

優しく声をかけて更にぎゅっと抱き寄せると、馬の腹を両足で軽く叩いて合図をした。

「実はそのいい匂いの木は、私の祖先がファーガス家にお譲りした木だったようです。それを貴方の曽祖父さまが気に入って増やしてくださったと聞きました」

「……」

「残念ながら、私の家の庭の木はなくなってしまったのですが、ご厚意で譲っていただけることになりました」

「…なくなったんですか？」

「ええ。火事で焼けてしまって」

「火事…」

「来年、私の家で花を咲かせたら見に来てください」

セオドアは慌てて肩越しに振り返ると、控えめに微笑んだ。

「…はい」

フィネスは目を細めると、慈しむように彼を見る。

セオドアに道を確認しながら森に入って暫《しばら》く進むと、強い芳香があたりを包み始めた。

「ああ、いい匂いだ…」

「はい…」

セオドアもうっとりと匂いを嗅いでいる。

「私の祖母が大好きな花で、お譲りいただけることになってとても喜んでいます」

フィネスがセオドアににっこりと微笑みかけると、セオドアはちょっと戸惑ったように目を伏せて、それでも僅かに口角を上げた。

セオドアの控えめな好意に、フィネスの心も温かくなる。

セオドアはいつの間にか緊張を解いて、フィネスに体重を預けている。その小さな重みがフィネスには心地よかった。

二人が森から戻ると、家庭教師だけが慌ただしく彼らを迎えた。

「旦那様がお戻りです。フィネス様、お屋敷の方に」

家庭教師はセオドアを馬から下ろす。

「またお目にかかれますよう」

セオドアに一言だけ告げて、フィネスはそのまま屋敷に向かった。


「待たせてすまない」

外出から戻ってきたばかりのルドルフは、乗馬用の手袋を外しながらフィネスの前に座る。

「息子と遊んでくれていたとか。礼を云う」

「…いえ。こちらが案内していただきました。先日以上に強い香りを、充分に堪能させていただきました」

「それならよかった」

ルドルフはふっと笑うと、手袋をテーブルに放った。

「早速だが、三日月湖の調査に関しての返事を聞きたい」

長い脚を組んで、正面からフィネスを見る。

「はい。私どもの技術者も同行させていただけるという条件付きなら…」

「それはよかった！」

「私もときどきは同行させていただきたい」

「いつでもどうぞ」

ルドルフの反応からは、情報を得るための策略とは考えにくい。それならと、フィネスは思いきって続けた。

「ファーガス家は優秀な技術者を各地から集めておられると聞いています。この機会に私も勉強させていただこうと、図々しくも考えております」

それにルドルフは目を細めた。

「それはよい心がけでいらっしゃる。歓迎しますよ」

フィネスは驚きを隠せなかった。技術者を囲い込む領主が少なくないのに、ルドルフは進歩的だ。質の高い技術者同士が一緒に仕事をすることで、お互いの技術を高めることができる。

それが人々の発展に寄与する。

ルドルフはそうした技術者たちに充分な報酬と待遇を保障している。財政が豊かだからできることで、フィネスにはそれが羨ましい。優秀な技術者に充分に報いることができないことを心苦しく思っているのだ。

「いくつか資料をお持ちしました。参考になればいいのですが…」

古地図や風景画などをテーブルに置いた。

「これは特に古いもので…、ただ古地図と云っても正確なものではないため創作の部分も少なくないと思われてきました」

ルドルフは古地図を広げると、興味深そうにフィネスの話を聞く。

先日のルドルフの説を裏付けるように、蛇行したアルヌー川が描写されていたのだ。ただいくつかの村が省略されていて、正確さには問題もありそうだった。

「なるほど。参考になりそうだ。これはお借りしてよいか？」

「はい。他にも役に立ちそうなものはないか、探させています」

「それはありがたい。調査後には洪水対策も必要となってくると思うが、それにも協力してもらえるとありがたい」

「それはもちろん…」

「子孫に恨まれることのないようしっかり調査をしてから取り組みたい」

それはそのとおりである。フィネスにも異論はない。それでも、常に言葉の裏を考えなければと身構えてしまう。

そんなフィネスの心中を察したのか、ルドルフが少し声を潜《ひそ》めた。

「実は今日、よくない話を耳にした。まだ真偽が明らかでないので内容は伏せるが、これまで以上に同盟諸侯同士が足並みを揃《そろ》えなければならない」

「それはどういう…」

「調査中なので詳しくは云えない。わかったらすぐに相談させてもらうつもりだ。場合によっては、ファーガスとカーライルが強く結びつく必要もあるかもしれない」

意味深な言葉だったが、それでも諸侯同士が同盟で結びついたり離れたりはよくあることで、フィネスは特に引っ掛かることもなく聞き流した。

思えば、既にルドルフには自分たちの未来が見えていたのだろう。しかしフィネスはこのときはまだ、想像もしていなかった。

追加の資料を届けるために、フィネスは再びファーガス邸を訪ねた。

ルドルフが不在なのは聞いていたが、わざわざフィネスが自分で資料を届けるのはルドルフではなくセオドアに再会することが目的でもあったのだ。

前回のルドルフとの面談のあと、門まで送ってくれたボルドーが躊躇いながらも話をしてくれたセオドアのことが気にかかっていたからだ。

「…セオドア様は、半年ほど前にルドルフ様に引き取られたばかりでいらっしゃいます。ルドルフ様も気にかけてはおられるものの、お忙しくてなかなかセオドア様との時間がとれないようです。家庭教師やお世話係はいるものの、まだ誰にも打ち解けてはおられません」

ボルドーの話では、ルドルフは彼を引き取るまでセオドアの存在は知らなかったようだ。というより、セオドアを育てた夫妻やその周囲もセオドアの実の父親がルドルフであることは知らなかったのだ。

セオドアの母親であるアンヌがルドルフと知り合ったときには、彼女には既に親同士が決めた結婚相手がいた。それをルドルフは知らなかったが、貴族の娘ならそれはさほど珍しいことでもなかった。

その約束が双方の家の事情でなくなったり、いつのまにか相手が兄弟や従兄弟《いとこ》に代わっていることも実によくあることで、アンヌ自身も親の事情で自分の結婚相手が決まることを受け入れていた。

その上で、親に隠れて短い青春を謳歌《おうか》してもいたのだ。それもよくあることだ。

しかし妊娠したことで事情は一変する。

彼女の婚約者は隣国の有力者の息子で、アンヌの両親は何としてもこの縁談を成功させたいと考えていて、この妊娠は絶対に知られてはいけないことだった。そのため花嫁修業と称してアンヌを母親の実家に移し、人知れず出産させたのだ。

アンヌが我が子の顔を見ることはなく、赤子は遠く離れた土地に養子に出された。

ところが、その養父母が不慮の事故で同時に亡くなり、セオドアは孤児になってしまった。養父母の親戚は彼を引き取ることを拒み、セオドアの居場所はなくなった。養父母の事故死でショックを受けていたまだ五歳にもならないセオドアの運命は、あまりにも過酷だった。

セオドアが教会の施設に預けられてから何か月もたって、孫の境遇を知らされたアンヌの母親は秘密裏にセオドアに会いに行って愕然《がくぜん》とする。

初めて会う孫は、ルドルフ・ファーガスにそっくりだったのだ。

アンヌは相手の名前を云わなかったし両親も聞かなかったが、これほど似ていると隠しようがない。アンヌの両親が引き取るということも難しくなった。

アンヌの実家のあたりではルドルフのことを知らない者はいない。他人のそら似で済ませるわけにはいかなくなるだろう。そうなると隣国に嫁いだアンヌの立場も危うくなる。

だからといって実の孫をこのまま孤児にするわけにもいかない。彼らは慎重に事を進めなければならなかった。

そんな経緯でセオドアがファーガス家に迎え入れられたのは、彼が養父母を亡くしてからほぼ一年ほど後のことになってしまった。

その間セオドアは施設に預けられたままで、満足なケアもされずに、他の大勢の孤児たちと一緒に狭い部屋に入れられていた。

養父母を失ったばかりの彼のことを気にする者は誰もいない場所で、厳しい規則を押し付けられて、皆と同じように遊ばないからと他の子から陰湿な虐《いじ》めを受けたり、冷たく厳しい職員の嫌がらせの中で一年も過ごしていたのだ。少年の表情から笑顔も何もかも消えるのは、当然といえば当然だろう。

「そんなことが…」

フィネスはセオドアの話を聞いて胸が締め付けられた。同時に、そんな息子を人任せにするルドルフに少し憤りの気持ちが湧く。

「セオドア様が誰かに興味を持たれたのを見たのは初めてです。フィネス様があまりにお美しくていらっしゃるから、きっとそれで……」

云いかけて、ボルドーははっとして自分の口を手で覆った。

「失礼いたしました。つい…」

フィネスはそれに苦笑してみせただけだった。

「セオドア様があんなふうに微笑まれるのを、見たことがありません。フィネス様に何かを感じ取られたのかもしれません」

「そう…」

フィネスもセオドアの寂しそうな顔が気になっていた。それで、また彼を訪ねることをボルドーに約束したのだった。


「セオドア様、フィネス様が会いに来てくださいましたよ」

子ども部屋らしい明るい部屋で、一人で絵本を読んでいたセオドアは、慌てて彼らを振り返った。

フィネスが訪ねてきたというので、ボルドーは世話係たちを下がらせていた。

「こんにちは。元気そうだね」

敢えてくだけた口調で話しかける。

セオドアは目をいっぱいに見開いて、挨拶も忘れるくらいに驚いている。

「勉強中だった？」

「え、絵本を……」

フィネスは微笑んで見せると、セオドアの横に立った。

「お茶とお菓子を用意してまいります。ごゆっくりどうぞ」

ボルドーは二人に声をかけると、部屋を出て行った。

彼に礼を云って少し屈むと、フィネスは椅子に座ったままのセオドアの肩に腕を回して軽く抱いた。そして親しい者同士の挨拶として、彼の頬にそっと自分の頬を当てる。

「今日はセオドアに会いに来たんだよ」

彼の耳にそっと囁く。小さな少年の頬が真っ赤に染まった。

「お菓子をいただいたら、また庭を案内してくれる？」

「お庭……」

「ボルドーには許可をもらっている。家庭教師の時間も遅らせてくれると」

それを聞くと、セオドアは小さく頷いた。

フィネスは傍らの椅子を引き寄せると、セオドアの隣に座った。

「絵本は好き？」

「…はい」

「私にも読んでくれる？」

「え……」

セオドアは少し驚いたが、フィネスが優しそうに彼を覗《のぞ》き込んで微笑むせいで、控えめな声で音読を始めた。

セオドアはすっかり憶えているらしく、字を追うこともなく読み進める。

「凄《すご》いね。全部憶えてるんだ？」

「ぜ、全部じゃないです…」

褒められて、少し頬を染める。そんな彼をフィネスはぎゅっと抱きしめた。

「それじゃあ、今度は私が読もうか。実は私が大好きな絵本を持ってきた。気に入るといいなと思って」

フィネスは持参した本を机に置いた。

セオドアは興味深そうに表紙に見入った。

フィネスはあまり抑揚はつけずに淡々と読み進める。

短い物語だったが、セオドアはすぐに夢中になった。

透明で綺麗な絵と、少し哀しいけど美しい物語に、セオドアは目に涙をいっぱいに溜めて聞き入った。

彼の感受性の豊かさに、フィネスも感情を揺さぶられる。

ちょうどそのときにボルドーがお菓子を運んできて、そんな彼らを見て涙ぐんでいる。

「こちらのお屋敷にも絵本はたくさんあったはずですが、どこかに移動させてしまって…。旦那様もいくつか購入されてはいたのですが…」

「私の屋敷にはまだたくさんあるので、ぜひ遊びに来るといい」

フィネスはセオドアを覗き込む。

セオドアの目に控えめながら悦《よろこ》びが広がる。

二人でお菓子を食べると、次はフィネスはセオドアに読ませてみた。

初めての単語をいくつか説明すると、セオドアはすっかり自分のものにして使い方をフィネスに確認する。

その二度で、セオドアはすっかり憶えてしまった。細かい云い回しも間違えずにすっかりそのまま音読してみせる。

「気に入った？」

「…はい。とても…」

遠慮がちにふわっと笑う顔がたまらなく可愛い。

「すぐに憶えてしまうんだね。なかなかできることじゃないよ」

フィネスはそう云うと、もう一度セオドアをきゅっと抱きしめた。

彼は戸惑いつつも、少し頬を染めて受け入れている。

ボルドーの云うとおり、彼は充分な愛情を受けていない。こんなに可愛い子を仕事にかまけて放っておくルドルフのことを、冷たい人間だと思ってしまう。

複雑な事情があるとはいえ、それはセオドアには関係ない。周囲の大人には彼の成長への責任があるはずだ。

そりゃ、ルドルフには彼の言い分があるのだろうけど…。自分が口を挟む権利がないことはわかっていたが、それでも何か力になれることがあれば…。

そうは思ったが、まさかこんな形で関わる形になろうとは…。

その数日後、フィネスは慌ただしく父に呼ばれた。

「おまえに縁談がきている」

兄も一緒にいて、どこか複雑な表情をしている。

フィネスは、縁談がきても当然の年齢であることの自覚はあったのでそれほど慌てはしなかったが、少し面倒だなくらいに思っていた。

「…どなたです？」

フィネスの質問に、父と兄は顔を見合わせた。

「それが…、少し異例で…」

父が口ごもる。それに見かねて、兄が代わって答えた。

「ルドルフ殿だ。ルドルフ・ファーガス」

フィネスは僅かに眉を寄せると、兄の顔を数秒見つめる。

「は？」

「ファーガス侯とおまえとの婚姻を、両家が望んでいる」

「……」

同性の婚姻が、特別な場合に限って認められていることは知っている。しかしそれが自分に関係してくるとは考えてもいなかったのだ。

「おまえも知ってのとおり、スローン侯が領地を広げるべく我が領地との境界地域を自分のものであると主張してきている。それがより強硬になって、同調する動きが他の諸侯の間にも広がらないとも限らない」

兄がそうした動きにあれこれ手を打っていることは、フィネスも当然知っていた。

「そのことをファーガス侯も危惧しておられる。同盟諸侯がスローン侯に同調することになったら、同盟自体が有名無実になり均衡が崩れることも考えられる。ファーガスにとっても他人事ではないわけだ。しかし現時点ではファーガスとは関係のない領地のことで口を挟むことは難しい。血の気の多いスローン侯を刺激するのは避けたい」

カーライルとファーガスが親戚関係になれば、ファーガスにとっても当事者となり公式に抗議ができることになる。抑止効果としてはこれ以上無難なことはない。

スローンは狡猾《こうかつ》な領主の元、年々力をつけてきている。手を出されないようにここで足元をしっかりと踏み固めておきたいのだ。

「ファーガスにもカーライルにも、適当な年齢の未婚の女性がいない。そうなると、おまえか従兄弟の誰かということになる。ルドルフ殿はおまえがいいと」

「……」

深い意味はないだろうに、フィネスは胸がざわついた。

自分が指名されたのは、分家の従兄弟よりも本家の人間の方がというだけのことだろう。それなのに、まるで自分自身が望まれていると一瞬でも考えてしまった自分に、フィネスは内心舌打ちした。

「私もおまえが適任だと考えている」

兄の言葉にはっとなる。自分には拒否権がないも同然だということはわかった。それは自分が父や兄に逆らえないということではない。領民のことを考えたときに、他の選択肢はないだろうという意味に他ならない。

「跡取りに関しても、ファーガス侯には既にご子息がおられる」

セオドアの顔を思い浮かべて、内心苦笑する。なるほど、これで外堀は完全に埋められてしまったようだ。もちろん、フィネスもカーライルの立場は充分に理解している。財政の困難さを考えれば、ファーガスの財力を頼りたい。それが偽らざるところだ。

「突然のことで複雑だろうが…」

「わかりました。お受けいたしましょう」

フィネスはきっぱりと云った。結婚したい相手が他にいるわけでもないし、家のため領地のためにプラスとなる婚姻を断る理由は特にない。

「そうか！」

兄と父がほっとしたように頷く。

これが領主の家に生まれたものの務めなのだ。おそらくルドルフも同じように考えているのだろう。

思ってもみないことが起こるのが人生だ。フィネスはそれを受け入れていた。

「フィネス様、私どもも驚きましたが、心からお祝いを申し上げます」

使用人を代表して、ボルドーが挨拶する。正装で現れたフィネスを見て、彼は眩《まぶ》しそうに目を細めた。

純白の衣装と銀に輝くマントは、フィネスの繊細な美貌を引き立てていて、ボルドーだけでなく一緒に出迎えた他の使用人たちも思わず溜め息を漏らしている。

「…恐らく、美しい姫君がお輿《こし》入れされることを期待しておられたと思うが…」

フィネスは苦笑して返す。それにボルドーは力強く首を横に振った。充分に美しい姫君だと云いたかったが、さすがにボルドーもそこまで口に出す勇気はなかった。

「こちらへどうぞ。旦那様がお待ちでございます」

部屋に通されると、ルドルフがセオドアと共にフィネスを待っていた。

ルドルフが満足そうに微笑む傍らで、セオドアが口をぽかんと開けている。

「これは美しい」

ルドルフはフィネスに歩み寄ると、彼の手をとって甲に口づけた。

「妻として迎えるのに、申し分ない」

露骨に女扱いされて、フィネスの眉がすっと寄った。

「最初に云っておきますが、婚姻式ではドレスは遠慮させていただきます」

真面目な顔で云うフィネスに、ルドルフは楽しそうに笑う。

「…最初の言葉がそれとは。楽しい方だ」

「真面目な話です」

「それはわかっていますが」

くすくす笑いながら返すと、じっとフィネスを見る。

「好きにされたらよい。ただ、そう云われるとそなたのウェディングドレス姿を見たくなってきたのだが…」

穏やかに微笑むと、息子を抱き上げた。

「それはともかくとして、今回のことはセオドアも喜んでいる」

父の腕の中で、セオドアは緊張して身を硬くする。ルドルフの顔に僅かに苦笑が浮かぶ。

「息子にキスをしてやってくれ」

フィネスは近づくと、少年の頬にそっとキスをした。

「セオドア、よろしくね」

フィネスが微笑むと、セオドアの緊張が和らぐ。そして小さくではあるが、こっくりと頷くと恥ずかしそうに目を伏せた。その表情には悦びがはっきりと浮かんでいる。

「ほう」

二人の姿を見て、ルドルフは感嘆の声を上げると、目を細めた。

「…貴方にならセオドアを任せられそうです」

「……」

フィネスはちらりと彼を流し見たが、何も云わなかった。

「…少しフィネス殿と話したい。遠慮してくれ」

セオドアを下ろすと、ボルドーたちに告げる。

ボルドーはすぐにセオドアの手を引いて、他の使用人たちと部屋をあとにした。

広い部屋に二人で残されて、フィネスは少し緊張してくるのを感じていた。

「貴方は頭がいいから、必ずこの話を受けると思っていた」

ルドルフはフィネスに座るよう促した。

「領民のことを考えれば、願ってもない申し出ですから」

無表情に返すフィネスに、ルドルフは大袈裟に頷いてみせる。

「そういう合理的な考え方は歓迎だ。同盟諸侯の中には、同盟を破棄してスローン侯に同調しようと考えている領主がいないわけでもない。ファーガスとカーライルの婚姻はその抑止にもなる」

「スローン侯の脅威を甘く見るような領主に、どれほどの効果があるかはわかりませんが…。

彼らはスローン侯に喰われた腹の中でも、その失策に気づかないままかもしれない」

「これはなかなか辛辣だ」

「…貴方はナセル侯の孫娘との縁談を断られたと聞いています。ナセルとカーライルの立場は似ている。スローン侯の脅威に備えるなら、ナセル侯と手を組んでもよかった」

フィネスはじっとルドルフを見た。

「そうしなかったのは、ナセル侯の政治的手腕を疑っているからだと？」

ルドルフは油断ならない目でフィネスを見返す。

「違いますか？」

「もちろん、それもある」

ルドルフはじっとフィネスを見ると、薄く微笑んで見せた。どこか艶を含んで、挑発するようでもある。

魅入《みい》るような視線が苦しくて、フィネスは慌てて目を伏せてしまう。

そのときにルドルフの口角が満足そうに僅かに上がった。

「婚姻のカードはもっと効果的に使う。たとえば、利発で美しい男を手に入れるとか…」

その言葉に、フィネスの頬がかっと染まる。

「ふ、ふざけて…」

「ふざけてはいない。私は女でも男でも、美しい人が好きだ。特に貴方のように気位の高いタイプは落とし甲斐がある」

「は？」

フィネスの眉間に深い皺《しわ》が寄る。

ルドルフは薄く笑うと、立ち上がってテーブルに置かれたデキャンタから二つのグラスにワインを注《つ》いだ。

「怒った顔が美しい人はそうはいない」

揶揄うでもなくそう云うと、フィネスの席に近づいて彼の目の前にグラスを置いた。

「セオドアに話しかけているときは女神のようだった。…私はどちらも好きだ」

フィネスにグラスを取るように促す。

彼は促されるままに立ち上がると、グラスを手にした。

「両家の未来に」

グラスをかちりと当てると、一気にワインを飲み干す。

フィネスもそれに倣った。

フィネスの薄い唇にうっすらと赤ワインが残って、血のようだ。その様子があまりにも魅惑的で、ルドルフは衝動的に彼を引き寄せていた。

「美しい……」

ワインに濡れたフィネスの紅い唇を奪う。

予想もしてなかったフィネスは、茫然《ぼうぜん》とされるがままでいた。が、ルドルフの舌が差し入れられた瞬間、思わず彼を蹴り上げる。

「…おっと」

それを素早くガードすると、フィネスを解放した。

「じゃじゃ馬は大歓迎だ」

「…そうやって人を女扱いしたいのなら、この話はなかったことにしてもらう」

「女扱いしたつもりはない」

「してるではないか」

「女神と云ったのを怒っているのか？　褒め言葉のつもりだったのだが」

しらじらしい、そう思ってフィネスは眉を寄せた。

「…そもそも、そんな浮ついた言葉を並べる必要はないだろう。カーライルの人間であるなら誰でもいいくせに」

「誰でも？」

ルドルフが彼の言葉を咎《とが》める。

「貴方の兄上から聞いてないのか？　私は誰でもいいとは云っていない」

まっすぐに見つめられて、どきんと心臓が鳴る。

「それは…」

「私は、貴方がいいと、貴方ならいいと云ったのだ」

その言葉に、なぜか身体がかっと熱くなった。それが何なのかわからず、フィネスは戸惑う。

「それは…、従兄弟だと分家になるから…」

視線を合わせずにもごもごと返すフィネスとの距離を、ルドルフはぐいと詰める。反射的にフィネスは後ずさりした。

「関係ない。私は相手が貴方だから、同性婚を考えてもいいと思った」

真面目な顔で云うと、更に踏み込んでフィネスの細い腰を抱いた。

「誰でもいいわけではない」

耳元で低く囁かれて、フィネスは思わず目を閉じてしまう。

それに、ルドルフがふっと笑ったのがフィネスにもわかった。が、どうすればいいのかわからない。

ルドルフは、フィネスの薄い唇に掠《かす》めるように口づけた。

「我々の生活は楽しいものになりそうだ。そう思わないか？」

完全にルドルフのペースで、フィネスは反撃もできなかった。

「私の結婚とは、そういう意味も当然含む。とはいえ、無理矢理どうこうしようとは思っていない。貴方の意思は尊重する」

「……」

「貴方が貴方の意思で私に抱かれてもいいと思うまでは、手は出さないと誓うよ」

右手を肩の位置に上げた。

「あ、キスはその限りではないが。まあ貴方が油断しなければいいだけのことだ」

しれっと付け足すと、もう一杯自分の分のワインを注いだ。

「その覚悟ができたら、いつでも引っ越して来るといい」

にやっと笑うと、ワインを一気に飲み干す。

「よく考えて……」

それを遮るように、フィネスは立ち上がった。

「準備ができしだい、すぐにでも荷物を運ばせてもらう」

挑発を敢えて正面から受け止めて、フィネスはきっぱりと返した。

「…見縊《みくび》らないでいただきたい」

キッと睨み付けたフィネスに、ルドルフは嬉しそうに微笑んだ。

「もちろん、そんなつもりはない。貴方は思ったとおりの人だ。ますます楽しみになってきた」

「…では、準備があるのでこれで失礼させてもらう」

ひらりとマントを翻すと、カツカツと靴音を立てて部屋を出た。

ルドルフの云うことのどこまでが本気でどこからが冗談なのかがわからない。

いや、全部冗談だと受け取っておけばいい。とにかく気を抜いてはいけない。

襟元をきゅっと締めて、馬に跨る。

馬丁に礼を云って門に向かうところで、屋敷からボルドーに手を引かれたセオドアがフィネスを追いかけてきた。

「フィネス様！　セオドア様が、ご挨拶をと」

フィネスははっとして手綱を引くと、馬から下りた。

ルドルフの対応に翻弄されて、セオドアのことをすっかり忘れていたのだ。

「ま、…また来て、くださいます、か…？」

不安そうな顔で自分を見上げるセオドアに、フィネスは罪悪感でいっぱいになった。

「あの…、旦那様はフィネス様がここを気に入れば一緒に暮らせるとセオドア様にご説明されていて…」

ボルドーがフィネスに耳打ちする。

「今日はたくさんお話ができると楽しみにされていたのですが、思いの外早いお帰りだったもので…」

セオドアの気持ちにまで考えが及ばなかった。フィネスは身を屈めると、セオドアの小さい手をぎゅっと握った。

「とても気に入った。セオドアがいるから」

少年の目を見ながら、殊更優しく微笑んだ。

セオドアの頬がうっすらとピンクに染まる。

「できるだけ早くこちらに越してくるつもりだ」

「ほ、ほんとに？」

信じられないという様子で、ボルドーを見上げて確認する。

「セオドア様、ようございました」

控えめにそれでも嬉しさを隠し切れないセオドアを、フィネスは抱き上げた。

「私もセオドアとたくさん話をするのを楽しみにしている。この家のことをいろいろ教えてもらえるか？」

「…はい」

「うちにある絵本もたくさん持ってこよう」

「あ、ありがとうございます」

小さな声だったが悦びを隠し切れないのが漏れ出ていて、フィネスは胸が締め付けられた。

この子を守りたい。いつでも笑顔でいられるように。そんなふうに思って、不思議な気持ちになった。

自分は子どもを好きだと思ったことはなかったのだ。兄や姉の子どもに対しても特に可愛がるわけではないし、子どもからそれほど好かれた覚えもない。

しかし、セオドアは会ったときから何か違っていた。

自分はセオドアに同情しているのかもしれない。それでも彼と接することの不安は殆どない。

それが自分でも不思議だった。


「よくいらっしゃった。歓迎する」

ルドルフは、フィネスが到着すると使用人をずらりと並ばせて出迎えた。

「まだ正式に認められてはいないが、今日からこの家では私の奥方として迎えることになる。彼の言葉は私の言葉と同じように重んじてほしい」

そう云うと、フィネスの手をとった。

フィネスが手を引こうとするより先に、その甲にそっと口づける。

「貴方のここでの暮らしが快適となるよう、皆が心を配っている。それでも行き届かないこともあるだろう。そのときは遠慮なく申し出てくれ」

手を握ったまま、上目づかいでフィネスを見た。

言葉の内容は思いやりに溢れているのに、ルドルフの態度はどこか挑発的だとフィネスには感じられた。

フィネスはそれにはのらないように、しかし握られた手をやんわりと引いた。

「お心遣いありがとうございます。…私もできるだけ早くこちらに慣れるようにしたいと思っております。何か間違いがあれば遠慮なくご指摘いただきたい」

無難に返すと、使用人たちをゆっくりと回し見て、僅かに微笑んだ。

「これから、よろしく頼む」

使用人たちは一斉に頭を下げた。

「では部屋に案内しよう」

ルドルフは微笑して云うと、フィネスを階段に促す。

階段の壁には、歴代当主の肖像画が飾られていた。その中には当主が幼い息子と一緒に描かれた肖像画もあった。

「セオドア？」

セオドアとそっくりの少年を見て、フィネスは思わず口にした。が、すぐに間違いに気づいた。当主がルドルフではないのは明らかだった。

「…ルドルフ様です」

二人の後ろをついてきたボルドーがそっと耳打ちする。

つまり、少年がルドルフで、一緒にいるのは先代ということになる。

「失礼。よく似ておられるので、つい…」

「謝ることはない。私の両親もセオドアに会ったときは驚いたのだから」

「……」

フィネスは黙って頭を下げた。

似ているとは思っていたが、こうやって彼の幼い頃の肖像画を見せられると、思っている以上にそっくりだと再認識させられる。生き写しに近い。

「希望どおり、セオドアの部屋の隣にしておいた。私の部屋からは離れているが…」

ルドルフは階段を上がった奥の部屋にフィネスを案内した。広い書斎と寝室が続き部屋になっている二部屋が用意されていた。

「そういえば、セオドアは…」

「さっきまで乗馬の稽古をしていた。今風呂に入れて着替えさせている。ただフィネス…殿が今日来ることは云っていない…」

「……」

「それより、フィネスと呼んでも？」

改めて聞かれると、戸惑ってしまう。が、そんな内心は見せずにさらっと流す。

「…お好きに」

ルドルフは微笑んだ。

「フィネスがいつここに来てくれるのか、セオドアは遠慮がちに何度もボルドーに聞いていたようだ。それだけにもし貴方の予定が変更になったら落ち込むのは避けられないから、敢えて告げないでおいた」

「……」

「ただ、家の中がざわついているので、何か感づいているかもしれないが」

そう云うと、ボルドーに部屋の窓を開けさせた。

「なかなかの眺めだろう」

自慢げにルドルフがフィネスを振り返る。

大きく開いた窓からは、森の奥まで見渡せた。

「素晴らしい庭だ。それに…、セオドアが乗馬の練習をしているのも、ここから見ることができますね」

「気に入ってもらえてよかった」

ルドルフは頷くと、ボルドーを振り返った。

「それでは、荷物をお運びさせていただきます」

ボルドーはフィネスの了解をとると、階下に下りて行った。

「セオドアのことを気にかけてくれるのはありがたいが、彼が乗馬の練習をしているのをこの部屋から眺めてもらうために貴方を娶《めと》ったわけではない」

フィネスは振り返ってルドルフを見た。彼はさっきまでの薄笑いを引っ込めて、射抜くような視線を向けていた。

「私と同様、領地を治めることに関わってもらいたい」

フィネスの喉が上下した。体温が僅かに上がったようで、身体が熱い。

「…もちろん」

やや掠れる声で返す。

自分たちの結婚をルドルフがどう考えているのか、フィネスの立場をどう考えているのか、いくとおりもの解釈があるとフィネスは考えていた。

周辺国への牽制《けんせい》のためだけのお飾り的存在、そうであるなら自分の身の置き場を自分で作らないといけないかもしれない。もしくは、ただ女の代わりとして妻役、母親役を押し付けられるという最悪のシナリオだって考えられる。

しかしフィネスはそれに甘んじるつもりはなかった。なので、敵地に乗り込むつもりで来たのだ。それが、自分の望む形で歓迎されている。それも最上級の。ルドルフの提案から、それははっきりと感じられた。

「父も兄も、それを望んでいます。もちろん、私も」

内心の興奮を抑えて、硬い表情で返す。

「…それはありがたい。今の仕事を分担できると、新しい試みに時間が割ける。プランはいくつもあるのだが、忙殺されてなかなか実現できずにいるから…」

どうやら彼の頭の中は仕事のことばかりのようだ。

「明日には臣下たちを紹介しよう。優秀な者ばかりだ」

「楽しみです。いろいろ教えてもらいたい」

フィネスは素直にそう思った。カーライルではできないことも、ここでならやれるかもしれない。結果的にはそれがカーライルにも恩恵をもたらすこともあるだろう。彼は両方の領民のために働きたいと思っていた。

「やはり貴方は考えていたとおりの人だった」

「それはどういう…」

「贅沢を享受するだけの生活にあまり興味がなく、創造性のあることに価値を置くという」

領民から搾取して贅沢な暮らしを享受している領主は少なくないが、それの何が楽しいのかフィネスにはわからない。創造性のない暮らしなど、なんの興味もない。それよりも自分たちの領地が豊かになるための知恵を集め、それを少しでもよい方向に向けていくことに働きかける方が何倍も楽しい。

「それは、貴方もそうでは？」

フィネスはじっと彼を見た。

「そうだ。夫婦は価値観が似ていることが大事だ。とはいえ、私自身は贅沢にまったく興味がないわけではない。手の込んだ料理や、目を見張る調度品、煌びやかな衣装は、芸術であり文化でもある。そういうものに散財するのは金のある者の役目でもある」

「それには同意する。そしてその散財の仕方に教養が表れるのだとも」

それにルドルフは苦笑した。

「厳しいが、そのとおりだな。私は自分の威厳のために贅沢な衣装を身に着けるが、それが領民の利益になると思っているからだ。それとはべつに、貴方の美貌を引き立てるために、贅沢な衣装や宝石で飾り立てたい欲望はある」

「は？」

フィネスの眉が露骨に寄った。が、ルドルフは気にせず続ける。

「男なら誰でもそうだろう。美しい自分の奥方をより飾り立てたいと…」

云い終わらないうちに、ボルドーが部屋に駆け込んできた。

「失礼します。旦那様、王宮からの使者が…」

ルドルフとフィネスが同時に顔を合わせた。

二人で階下に下りる。

早馬の使者が手紙を携えて当主を待っていた。

ルドルフはそれを受け取ると、王宮の封緘《ふうかん》を確認してその場で開いた。

「…急だな」

一読するとそう云って、手紙をフィネスにも読ませた。

隣国の国王の側近との交渉を、ファーガス家に命じる内容だった。

「先月打診はあったが、まさか三日後とは…。それにこの件はクロイ侯が行かれると聞いていたのだが…」

クロイ侯は王妃の親族だ。何らかの理由で不適任とされたのか、もしくは急病か何かか。そこまでは今の時点ではわからないが、重要な任務であることは間違いない。

使者に返信を持たせると、ルドルフはすぐに臣下たちにも集まるよう使いをやった。国王からの要請とあって、中心的な臣下たちを同行させる必要があるし、交渉のための情報を集める必要もあったのだ。

「…来たばかりなのにすまないが、私の留守中、領地のことは貴方に任せることになる」

フィネスは背筋がしゃんとするのを感じた。

「お任せください」

「よろしく頼む。明日の早朝には出発することになるだろうから」

ルドルフは溜め息をついた。隣国の王宮までは馬でまる一日かかる上に、途中地盤の弱い街道を通る必要があるのだ。この時期は天候が変わりやすく、そのせいで足止めを食う可能性もある。それも考慮して早めに出発しなければならない。

「執務長のアルヌーを残していく。たいていのことなら彼に聞けばわかる。領地の殆どのことを把握している。ただ決断力に欠けるのが欠点だ。すぐに何かを決定しなければならない場面になったら、貴方に期待したい」

ルドルフが自分を高く評価してくれていることがわかって、フィネスは力強く頷いてみせた。

「まあ、そんなことにならないのが一番いいのだが。アルヌーも呼んでいるので、あとで紹介しよう」

「準備があるなら手伝いますが…」

フィネスが云いかけたときに、ボルドーがルドルフに耳打ちした。

「ああ、そうだった。セオドアを部屋で待たせたままだった。フィネス、悪いが先に会ってやってくれ」

そう云うと、思わず苦笑してみせる。

「せっかくのサプライズが台無しだな。まあ仕方ない」

云いながら、再び階段を上がる。

「アルヌーが来るまでの間、セオドアといてやってくれるか」

「それはもちろん…」

「私は情報を整理しておきたい」

セオドアの部屋の前で、世話係の一人が彼らを待っていた。

「旦那様がいらっしゃいました」

中のセオドアたちに告げると、扉を大きく開いた。

真新しい衣装に着替えたセオドアが、もう一人の世話係と手を繋いでそこに立っていた。

父の姿を見ると、それとわかるほどセオドアに緊張が走る。が、次いで入ってきたフィネスに気づいた瞬間、彼の目は驚きに見開かれた。

「待たせて悪かったな」

ルドルフはセオドアに声をかけると、身を屈めて息子を抱き上げた。再びセオドアの全身が緊張する。

「フィネスがうちに来てくれた。今日から一緒に暮らすことになる」

セオドアの緊張が少し緩んで、遠慮がちにフィネスを見る。

「セオドア、よろしく」

微笑まれて、セオドアもつられたように微笑する。

「セオドア、挨拶は？」

「よ、よろしくお願いします」

父に促されて、小さい声で呟いた。

ルドルフは自分の腕の中でリラックスすることのない息子に内心苦笑しつつ、フィネスに抱かせた。責任は自分にあることはわかっているのだが、実際セオドアをどう扱えばいいのかわからないのだ。

「私は明日から少しのあいだ留守をするが、フィネスが一緒にいてくれるから大丈夫だな？」

セオドアは、首を回してフィネスを見る。

「…はい」

「私は今日は急な仕事のための準備があるから、おまえがフィネスを案内してくれるか？」

「あ、あんない…」

「屋敷の案内を」

「…はい」

フィネスに抱かれたまま、頷く。頬が少し上気している。

フィネスはセオドアを一旦下ろして、部屋を出て行くルドルフを見送った。

使用人たちはフィネスの荷物を運び入れたり、ルドルフの旅支度を整えたり、忙しそうだ。

彼らを邪魔しないように、フィネスはセオドアと二階の奥の部屋を見て歩く。

「ここは、図書室です」

フィネスと手を繋いだセオドアが、そっとフィネスを見上げた。

後ろに付き従っていた世話係が、扉を開ける。

「ほう。これは立派ですね」

ざっと背表紙のタイトルを拾い読みすると、歴史や地理に関する書物が目立つようだ。

「ご自由にお使いくださいとのことです」

興味を惹《ひ》かれたのを感じ取った世話係が、フィネスを促す。

「ありがとう」

フィネスは数冊を書棚から引き出すと、目次を確認した。

「おもしろそうだ。あとで読ませてもらう」

「ではお部屋にお持ちいたしましょう」

フィネスは手にした本を、テーブルに置いた。

「こちらの図書室以外にも、古い書物を保管している部屋があります。そちらもあとでご案内します」

「それは楽しみだ。セオドアが読める本もあるかもしれないね」

それを聞いたセオドアが急いで顔を上げる。

「約束どおり、うちからも絵本を持ってきた。セオドアの部屋に運んでおいてもらおう」

セオドアの頬にぱっと赤みがさす。

「あ、ありがとうございます」

恥ずかしそうに、俯《うつむ》いたまま礼を云う。

そんな仕草がいちいち可愛らしくて、フィネスは彼を抱きしめたくなる。

図書室を出て、他の部屋を説明して回っていたセオドアが、廊下の途中で立ち止まった。

「この先は…、父上のお部屋です」

少し表情が硬くなる。父の部屋には近づかないようにと云われていたのだ。それはルドルフがそう云ったわけではなく使用人たちが気を回しての言葉だったのだが、セオドアはそういうものだと受け取っていた。

彼にとって父はこの家で最も権威のある存在で、身近であるはずがなかった。

父のことは、ボルドーや家庭教師、それに世話係から聞くことがすべてで、その人物像が凄ければ凄いほど、セオドアにとっては遠い存在だ。たまに抱擁されても、誰よりも長身で強いオーラを放つ父は、ただただ怖《おそ》れる存在でしかない。

父がかける優しい言葉も、恐怖の時間が過ぎることをびくびくしながら待つセオドアには、まるで届かないのだ。

彼らが階下に下りて中庭に入ろうとすると、ボルドーがフィネスを呼びに来た。

「フィネス様、旦那様がお呼びでございます。アルヌー殿が到着されたと」

「…ああ。今行く」

フィネスはセオドアを振り返ると、身を屈めた。

「案内、ありがとう。またあとで」

軽く抱き寄せる。あとを世話係たちに任せて、ルドルフの元に急いだ。

居間には、アルヌーを含む数人の臣下たちが集まっていた。

「本来は正式な場を設けて紹介するつもりだったが…」

ルドルフは前置きして、彼らをフィネスに紹介する。

全員が一瞬フィネスの美貌に目を奪われたが、すぐに重要な任務のことを思い出したのか、仕事の顔に戻った。

事務方の長であるアルヌーは四十代後半だが、彼以外の臣下は三十代だ。ルドルフの護衛をかねた機動部隊だけあって、皆若い。

ルドルフたちは、王命である使者としての役割がどういうものであるかを分析する必要があったのだ。

隣国との関係は良好といって差し支えないものの、結びつきは強固なものではない。ファーガスが使者を託されるのは、ルドルフの代になってからは初めてである。しかも殆ど準備期間がない。

王命での役目は名誉なことで、それをキッカケに王宮との関係が親密になることも期待できるものの、結果しだいでは信頼を裏切ることにもなる。

王宮の目論見《もくろみ》や今現在の隣国との詳細な力関係を、ある程度は把握しておかなければならない。つまり、ただの使いではない。

王宮がファーガスの力を推し量る狙いもあると考えるべきだろう。ファーガスの財力は、良くも悪くも王宮の目を引いたということなのだろう。

世の中が近代化していく中で、その変化をうまく取り入れて成長していく諸侯は、国を維持していく上では頼もしい存在であると同時に、脅威の存在ともなり得る。

ファーガス家は今、複雑な立場にいるのだ。その中をどのように泳いでいくのか、その判断がルドルフの肩にかかっている。

「まだ情報が足りないな……」

「中継点でいくつか情報が拾えるかと」

「それに期待したいところだが……」

難しい顔で話を詰めていく。

フィネスは、このときのルドルフの情報を精査したり物事を俯瞰《ふかん》で捉える能力、そして何より決断力の速さに目を見張った。当主になってまだ二年ほどだが、それまでも父の右腕として関わっていただけはある。

臣下からも積極的に意見は出されて、それぞれそれを真摯に検討していく。

話がより詳細になってくると、アルヌーはそっとフィネスを呼んだ。

「…私たちは大局を掴んでいれば問題ないかと。それよりも留守中のお話をさせていただければと…」

フィネスはもっともだと頷いて、隣室に移った。

アルヌーは、既に始まっている土地の調査や、土木工事に関しての説明を始めた。調査はマルタ湖の件も含めていくつも同時進行で行われている。

「この箇所が調査中で、こちらは治水工事の場所です」

地図を見せて説明する。領地が広いだけあって、工事の箇所も驚くほど多い。

カーライルでも治水工事をしたい地域はいくつもあるのだが、財政が厳しくてなかなか手をつけられないでいる。

「明日はこちらの現場をルドルフ様が視察される予定だったのですが…」

地図の地点を指で示す。

「私が彼の代わりに？」

「差し支えなければ…」

「もちろん。楽しみだ」

フィネスの言葉に、アルヌーの顔が綻《ほころ》んだ。

「担当者が喜びます。ノルガーでスカウトした土木のスペシャリストです。ちょっと変わり者ですが、仕事はできます」

ノルガーは、高い土木技術を持つ集落の名称だ。その技術力の高さゆえ、全国の領主に請われて、技術を伝えている。

ファーガスはルドルフの祖父の代から、各地から専門家や職人を集めて領民と共に工事にあたらせてきた。領民たちは彼らから技術を学んで、更に技術を磨いていくのだ。

羨ましい話だ。財政が豊かな領地はそうやって更に発展していく。

このままではカーライルは取り残されるという思いが湧く。自分がここに来たのは、それを何とかしたいという思いもあった。

ルドルフならそれを理解してくれるかもしれないとふと考えて、フィネスは自分の甘さに苦笑してしまう。いくらなんでもそれは都合がよすぎるだろう。

それでも、ファーガスの工事にカーライルの領民を参加させて技術を学ばせたいという思いは強い。何とかして技術をカーライルの領地に持ち帰りたい。

それを実現させるには、ルドルフとの信頼関係が何よりも重要になる。


「来て早々こんなことになってすまない」

臣下たちが帰って静かになった屋敷で、ルドルフはフィネスに詫びた。

二人で過ごすはずのディナーは、臣下たちとの打ち合わせの場となってしまった。

「貴方が謝ることではない」

「それはそうだが…、今夜は二人で過ごせると思っていた」

フィネスは複雑な表情になった。夜を二人で過ごすということに関して、なんの心の準備もしていないのだ。

「…明日は早い。今日のところは早く休まれた方がいい」

自分の内心をごまかすように、フィネスは云った。

その言葉に、ルドルフは僅かに苦笑してみせる。

実際、明日は夜が明ける前には発《た》つ予定なのだ。一日かけての馬での移動に備えて、できるだけ睡眠をとっておくのは何より大事だった。

「…貴方に渡しておきたいものがある。部屋まで来てくれるか」

フィネスは問いかけるような目をしてルドルフを見たが、彼はそれには答えず階段を上がっていく。

鍵とか書類とか大事なものを、留守のあいだに預かっておくとかそういうことだろうかと考えながら、フィネスは大人しく彼の後を追った。

ファーガス邸は中庭に臨むコの字型の建物で、ルドルフの寝室や書斎はフィネスの部屋の反対側にあった。

書斎に案内されたが、当主の私室らしく贅沢な造りだった。

ルドルフはオーク材のデスクの引き出しを開けると、中から小さな箱を取り出した。

「…ファーガス家に代々伝わるものだ。貴方の指のサイズに直してある」

アレキサンドライトが輝く指輪だった。

「受け取ってほしい」

ルドルフの目に、フィネスは思わず後退《あとずさ》った。

覚悟してきたはずなのに、それをつけたら自分の運命が確実に変わってしまう、そんな今更のことに本当の意味で気づいたのだ。

「本来なら国王の許可が出てから贈るべきだが、同盟地域の外に出れば何が起こるかわからない。そうなったときに、貴方の立場を明確にしておきたい」

それを聞いて、フィネスははっとした。

さっきの臣下との話を思い出したのだ。ファーガスの置かれた立場の複雑さを。今回の王命にしても、ルドルフの失敗を願う者は少なくないだろう。

加えて、ファーガスの隙を狙う勢力はスローンだけではない。諸侯が直接手を出すことはないにしろ、闇の組織はある。そうでなくても国境周辺の街道には夜盗が多く出没する。

精鋭を護衛につけているとはいえ、遠征には危険が伴う。

同盟で守られている地から出ることが滅多にないフィネスは、頭ではわかっているつもりだったが、最悪の状態をイメージできていなかった。

そんな自分に恥じ入って、フィネスは黙って自分から手を差し出した。

ルドルフはそんなフィネスの手をとると、そっと指につけさせた。

「…よく似合う」

白く、ほっそりした長い指に、美しく映える。

ルドルフは、宝石が輝くフィネスの指にそっと口づけた。

びくんと、フィネスの身体が震える。

「無事を祈ってください」

そんなふうに云われると、フィネスは振り解《ほど》けなくなってしまう。

それをいいことに、ルドルフはフィネスの指をちろりと舐めた。

「な…！」

慌てて引っ込めようとした手を、ルドルフは逆に引き寄せた。

「…やはり美しい……」

息がかかるほどの距離でフィネスを見つめると、抵抗できずにいるフィネスに口づけた。

薄い唇を何度も吸って、舌を侵入させる。フィネスの舌を捕らえると、自分の舌をからみつ

かせる。

フィネスは抗《あらが》おうとする前に、ルドルフの情熱に捕まってしまった。

奪われるような口づけに、貪るようなキスに、フィネスは頭の芯が痺れてしまって動けずにいた。

「は、あぁっ…」

喘《あえ》ぐようについた息は殊の外艶《なま》めかしく、ルドルフは更に情熱的にフィネスに口づける。

フィネスは足の力が抜けていくのを感じて、慌てて背後の机に手をついた。その反動で、机に置かれたグラスが床に落ちて砕けた。

「ちょ、…！」

我に返ったように、フィネスはルドルフを押し退《の》ける。

水を差されて、ルドルフも苦笑しつつもフィネスから離れた。

「…残念だが、今日はここまでにしておこう」

そう云うと、砕けたグラスを片付けさせるために使用人を呼ぶ。

「明日は早いから見送りはいらない」

「ではそのように」

フィネスは憮然《ぶぜん》とした表情で返すと、急いで部屋を出る。

「あ、フィネス！」

ルドルフが廊下まで追いかける。

「なにを…」

身構えるフィネスに、ルドルフは微笑してみせた。

「おやすみ」

愛情のこもった目を向けられて、フィネスは動揺した。

「…おやすみなさい」

目を伏せて返すのが精一杯だった。

拒めなかった自分に腹が立っていた。そしてルドルフのキスが、嫌じゃなかったどころか気持ちよかったことが、更に腹が立つのだ。

恋愛経験の浅いフィネスは、すっかりルドルフに翻弄されてしまっていた。


ルドルフの出立の時間、フィネスは目を覚ましていたものの、敢えて部屋から出なかった。

昨日の今日でどんな顔をすればいいのかわからなかったし、またルドルフに揶揄われるのではないかとも思っていたのだ。

部屋の窓から一行が発つのを見守りながら、ルドルフとの今後のこと、自分の役目のこと、セオドアのことをあれこれ考えて、眠れないままに朝になった。

せっかくだから朝食はセオドアと一緒にとるつもりで階下に下りると、使用人頭のボルドーに呼び止められた。

「フィネス様、アルヌー殿がお見えです」

「アルヌー殿が？　視察の時間までにはまだあるはずだが…」

「それが…、視察に先立って説明したいことがあると仰っていて…。執務室にお通ししていますが、お会いになられますか？」

「…すぐ行く」

フィネスは答えると、別棟にある執務室に向かった。

「フィネス様！　おはようございます。朝早くから失礼いたします。ご迷惑かとは思ったのですが、ご説明しておきたいことがたくさんあるので…」

テーブルの上には彼が持参した資料が山積みになっていた。

朝食もとらずに駆けつけたらしく、フィネスは彼の分の食事も用意させて、食べながら話を聞くことにした。

アルヌーはややせっかちで、思い立ったらすぐに行動に移すタイプのようだ。それでも実務のスペシャリストで、財政事情から土地のこと、産業のことやそれに関わる領民のことなど、広範囲にわたって領内のことを把握していた。

テーブルに資料を広げて、焼き立てのパンを口に運びながら、すごい勢いで説明を始める。

フィネスは呆気《あっけ》にとられながらも、彼の説明を全部頭に叩き込んでいく。

「今までのところで、何か質問がありましたら……」

アルヌーはやや詰め込みすぎたかと思って、一旦話を止めてフィネスを見た。

「この統計だが、軸になる数値の根拠を知りたいのだが」

即座に返ってきた言葉に、アルヌーは内心眉を寄せた。

この場合は、話の流れを把握できているかどうかを確認するための質問であるべきなのに、細かい数字を指摘するというのは、大局を理解することなく些細な点にこだわってマウントを取ってくるタイプではないかと身構えたのだ。

「…根拠でございますか…。恐らく、前年度のこの平均値かと」

「それだと、条件が違ってこないか？　さっきの説明と違う」

フィネスの指摘に、アルヌーは慌てて資料を見直した。

「…確かに仰る通りです。もう一度条件を精査して作り直します」

「うん。このケースだと結果に大きな差は出ないと思うけど、違う地域にそのまま使うとまるで違う結果にもなる」

フィネスがマウントを取りたくて質問したのではなく、純粋にデータの正確さを確認しただけだとアルヌーは即座に認めた。

「仰る通りです」

「このグラフはわかりやすくていいね。意図がよくわかる」

「…ありがとうございます」

答えて、アルヌーは背筋をしゃんとさせた。

フィネスはそのあともいくつかの質問をしたが、そのどれもが的を射たもので、大局をしっかりと捉えているのはもちろんのこと、細かい説明をも把握しているとアルヌーも認めないわけにはいかない。そして、自分の思い違いを恥ずかしく思った。

一方で、フィネスはアルヌーを始めとする文献作成者の能力の高さに感心させられていた。いくつか指摘する部分があったとはいえ、まとめる手法が新しく何より実質的だ。アルヌーだけでなく、能力の高い事務方がいるのは明らかだ。

そのあとアルヌーと視察に出かけたが、そちらもフィネスにとっては刺激的だった。

ノルガーの民が伝える斬新な土木の技術は、フィネスにとっては初めてのものばかりで、その発想の大胆さに目を見張った。

技術者や職人たちは、彼らは彼らでフィネスの美貌に目を見張ったが、それ以上に彼の質問の鋭さに驚いた。

そして興味津々のフィネスの疑問点に丁寧に答えるだけでなく、その原理にいたるまで詳細に解説してくれたのだ。

その後もアルヌーに勧められて、別の現場も視察に向かった。

帰宅したときは、すっかり遅い時間になってしまっていた。

夕食の支度が整うまで、気になっていたことを調べようと書斎に入って、テーブルの上に積まれた絵本を見てはっとした。セオドアにプレゼントしようと、他の書籍とは分けておくように指示しておいたのに、それを目にするまで彼のことをすっかり忘れていたのだ。

「…これじゃあ、ルドルフのことを責められない」

反省して、すぐにセオドアの部屋を訪れた。

「まあ、フィネス様。何かございましたか」

既に食事を終えていたセオドアの世話係のカレンは、驚いて扉まで駆け寄った。

「昨日の案内のお礼がまだだった。すっかり帰りが遅くなってしまって…」

セオドアに微笑みかけると、彼の机のところまで進む。

「昨日は案内ありがとう」

「……はい」

セオドアはうっすらと頬を上気させた。

「セオドアにプレゼントするものがあるから、私の部屋まで来てくれるか？」

そう云うと、彼を抱き上げて自分の部屋に連れて行った。

「昨日渡すつもりだったんだけど、約束していた絵本だ」

「こ、こんなにたくさん…」

セオドアは驚いて目を見開いた。

フィネスは彼を下ろすと、そのうちの一冊を手渡した。

セオドアは躊躇いつつも、そっと開いてみる。

「よかったですね。セオドア様は絵本が大好きでいらっしゃるから…」

もう一人の世話係のマリアンヌは、礼を云うようにセオドアを促す。

はっとして絵本を閉じると、セオドアはフィネスに向き直った。

「…ありがとうございます」

「どういたしまして。もっとあると思っていたが、兄にもセオドアと同じくらいの歳の子がいるので、どうやら兄の屋敷に持って行ってしまったようだ」

「僕くらいの…」

「今度紹介しようね。私の甥《おい》や姪《めい》なので、セオドアにとっては従兄弟になる」

「甥？　…はは、うえ、の？」

ははうえ？

セオドアが躊躇いがちに口にした言葉に、フィネスは目を丸くして、世話係たちもしまったという顔をした。

「す、すみません。旦那様がフィネス様をご自分の奥方だとセオドア様に説明されてしまったせいかと…」

「なるほど…。それならセオドアは間違っていないな…」

フィネスは苦笑を浮かべてセオドアを見た。

「しかし母上は、…さすがに」

フィネスは苦笑を浮かべる。そんなフィネスを見てさすがに彼女たちも同情した。

「なんとお呼びすれば…」

「そうだな。姪たちはフィンと呼んでいるな…」

フィンはフィネスの愛称だ。フィネスは促すようにセオドアを見た。

「…フィン？」

セオドアは遠慮がちに口にする。

「ああ。母上はよりはずっといい」

「…フィン」

もう一度小さい声で呼んでみる。

「そうだ、私もテディと呼ぼうかな。それともテッドの方が？」

フィネスが思いついたように云った言葉に、セオドアの小さな身体がぴくりと震えた。てっきり喜ぶと思っていたのに、彼の幼い顔には戸惑いが広がっていた。

「…嫌だったか？」

セオドアはそれにも答えられない。みるみる表情が固まってしまった。

「セオドア？」

呼ばれてもフィネスの方を見ようとしない。様子がおかしい。

「セオドア様？」

世話係が呼んでも、まったく聞こえていないようだ。すっかり自分の世界に引きこもってしまったように見えた。

「…あの、すみません。フィネス様、ここは私どもにお任せください」

何か思い当たることがあったのか、マリアンヌがフィネスに耳打ちする。そしてカレンに視線を送った。

「さあ、セオドア様お部屋に戻りましょうね」

マリアンヌはセオドアに声をかけると、微動だにしないセオドアを抱き上げてフィネスの書斎を出て行った。

残ったカレンがフィネスに頭を下げる。

「申し訳ありません。フィネス様には先にお話ししておくべきでした」

彼女たちはそのつもりでいたのかもしれないが、自分がアルヌーとの仕事に夢中になってしまったせいで、報告するタイミングを逃してしまったのだろう。

「いや、それは私が悪い。それよりどういう…」

「はい。恐らく育てのご両親が、セオドア様をテッドと愛称で呼ばれていたようで。そのように呼ばれると亡くなったときの記憶が蘇《よみがえ》ってしまうのではないかと」

「以前にもそのようなことが？」

「はい、二度ほど。最初は庭師の見習いが、テッド様とお呼びしたところ、ちょうど今みたいに何の反応も示されなくなってしまって…。しかし、そのときはすぐに原因がわからず…。もう一度同じようなことが起こって、それで…」

世話係は二人とも下級貴族出身の育児のベテランたちだった。ルドルフが自ら面談もして採用したというだけあって、利発で感じのいい女性たちだ。

「最初にここに来られたころはセオドア様は何の反応も示されなくて、耳が聞こえないのではないかとか、お話しになれないのかとの心配もしました。それで、旦那様が都《みやこ》から評判のお医者様を招いて診察していただいたりもしました」

「……」

「いろいろ調べていただいたところ、反応がないのは環境が急に変わったせいだろうと云われて、旦那様は反応がなくても根気強く話しかけるよう私たちに仰いました。その甲斐あってか、徐々にお話しになるようになって…」

彼女の説明を聞けば、ルドルフはフィネスが思っていたよりもセオドアのことを気にかけていることがわかった。使用人に任せきりとはいえ、こまめに報告をさせてセオドアのことはきちんと把握しているようだ。

「ただ、ときどきさっきのようにぱたりと心のドアを閉じられることもあります。キッカケが何であるのか私たちにはわからないことが多いのですが、その直前のことを思い起こして記録をとるようにしています」

それもルドルフの提案だという。

「お医者様曰《いわ》く、思い出したくないことを忘れるための無意識の行為ではないかと。そうやって子どもなりに自分の心を守ろうとしているのだそうです」

まだ五歳の子どもが、大人の事情で振り回されることから精一杯自分を守ろうとしているのかと思うと、フィネスはその健気さに胸が痛んだ。

「それがここ暫くはときどきですがご自分からお話しになることもあって、驚いています。ボルドーさんからフィネス様の影響ではないかとお聞きしました」

それはルドルフも云っていたことだ。

「…いいえ。貴方たちが、セオドアを慈しんでくださったからでしょう。これからもよろしくお願いします」

フィネスが微笑むと、カレンは一瞬その美貌に見入って、しかしすぐに慌てて頭を下げた。

「もったいないお言葉。これからも精一杯務めさせていただきます」

心強いと、フィネスは素直に思った。同時に、ルドルフの人を見る目を評価しないわけにはいかない。

それでも、彼女たちがどれほど慈しんでくれたとしても、最も身近な人間の愛情がセオドアには必要だと思った。

つまり、自分とそしてルドルフだ。

フィネスは、セオドアを診断した医師とも話をしてみたかった。

カレンが下がろうとするところに、セオドアを寝かしつけたマリアンヌが報告に現れた。

「…今お休みになりました」

「そう。あとでそっと様子を見に行ってみてもいいかな」

フィネスの言葉に、二人はほっとしたように目を細めた。

「ぜひそうしてさしあげてください」

「お医者様によると、セオドア様は眠ることで辛《つら》かった現実を忘れる術《すべ》を身につけられたようです。いつも目を覚まされたときは、その直前のことは忘れておられます」

二人の言葉に、フィネスは黙って頷いた。

彼の過去に何があったのか、知っておきたいと思った。抜け目のないルドルフのことなので、もしかしたらとっくに調査済みなのかもしれない。

とにかく、セオドアのことは一度ルドルフときちんと話し合う必要がありそうだと思った。


カレンが云ったとおり、翌朝にはセオドアは心を閉ざしたことはすっかり忘れたようで、自分の寝室にフィネスが来てくれたことに、顔を上気させた。

「おはよう」

セオドアを抱いておはようのキスをする。

「おはよう…、ございます」

少年は戸惑いながらも、自分からフィネスの頬にキスを返した。

「今日は剣の稽古があると聞いている。今度、時間があるときに見てあげよう」

「…はい」

セオドアははにかんだような笑みを浮かべる。

「剣のお稽古は昼からなので、午前中はフィネス様にいただいた絵本を読んで過ごされるといいですね」

カレンの提案に、セオドアはこっくりと頷く。

そうしているうちにも、ボルドーがフィネスを呼びに来た。この日も朝からアルヌーからレクチャーを受けることになっていた。ルドルフに代わってギルドの代表者の話を聞く役目があったからだ。

それがファーガスにとっては必要なことではあるが、フィネスが代理をすることでセオドアとの時間がとれなくなってしまう。

もしかしたら、ルドルフもこんな風にセオドアのことを後回しにせざるを得なくなっていたのかもしれない。

その夜、フィネスはセオドアと一緒に食事をすることにした。

一日に一度は彼と話をする機会を作りたいと思ったのだ。

そのことに一番驚いたのは、セオドアだった。

「ご一緒に？」

「そう。一人では味気ないので、セオドアと一緒にしてもらった」

フィネスの言葉に、セオドアは少し戸惑う。

「いつもとはいかないけど、こうやってときどき一緒に食事をするのもいい」

自分がセオドアと同じくらいの歳のころも両親と食卓は別だったが、兄弟が一緒だったので寂しい思いをしたことはない。しかしセオドアは一人だ。世話係がいるとはいえ、彼女たちは一緒に食べるわけではない。たった一人でこんな大きな屋敷に来て、食事も一人きりで寂しくないわけがないだろう。

フィネスは、大きなテーブルのすぐ隣の席にセオドアを座らせて、カレンたちに手伝わせながら一緒に食べた。最初は戸惑っていたセオドアも、フィネスと一緒の食事にじわじわと悦びが広がっていくようだった。

そっと顔を上げると、すぐにフィネスが気づいて微笑みかけてくれる。セオドアは慌ててまた皿に視線を戻すが、頬が僅かに上気している。

「明後日、天気がよければ庭を探検するつもりだが、セオドアも一緒に行かないか？」

明日のうちにアルヌーが提示した仕事をすべて片付けることで、明後日は予定を入れさせなかったのだ。

羊肉の入ったシチューを食べていたセオドアは、スプーンを持ったままフィネスを見た。

「家庭教師には私から断っておく。もちろんセオドアが行きたいならだが…」

「い、行きたいです……」

セオドアは急いで答える。フィネスが前言を撤回させてはたいへんという勢いで。

「よかった。今から楽しみだな」

フィネスはセオドアが断るとは思っていなかったが、それでも彼から悦びが伝わってきて、つい笑みを漏らしてしまう。

そんなフィネスに、セオドアが頬を染める。

「…はい。たのしみです」

「まあ、セオドア様、素敵ですねえ」

「犬を連れていかれるといいでしょう。お庭はとても広いので、道に迷ったときに誘導してくれます。よく訓練されているので」

マリアンヌによれば、庭の奥に広がる森の更に奥は敢えて手を入れずに自然の状態のままにしてあるらしく、迷う危険があるのだという。

「なるほど。地図は持っていくつもりだったが、犬も一緒だと心強いな」

大人の会話を聞きながら、セオドアの表情がほわっと和らいでいく。

そんな彼を見ながら、フィネスはいつか彼が自分を育ててくれた養父母のことを話す日がくることを心から願った。養父母との幸せな日々の思い出はセオドアには必要なもののはずだとフィネスは思うのだ。

自分たちをセオドアが信頼してくれれば、いつかきっとそんな日々は訪れる。それまで遠くで見守っていてくださいと、会ったこともないセオドアの養父母に祈った。


フィネスがセオドアと手を繋いで一緒に厩舎に向かうと、馬丁はセオドアのポニーも用意してくれていた。

「いちおうご用意はしましたが、森の奥の方は足元が不安定なので、セオドア様にはまだお早いかと」

「そうか。…どうしようか」

フィネスはセオドアに聞いた。

少し考えていたセオドアは、フィネスを見上げた。

「…フィン、の馬で行くのが……」

どこか遠慮がちではあったが、愛称で呼ぶ。

フィネスは一瞬動揺したが、それをセオドアには悟られることなくすぐに微笑んで見せた。

「私の？　では一緒に行こうか」

「…はい」

できるだけさりげなく返すと、セオドアも小さく頷いた。

セオドアが反応をなくしたときの一連の会話は、彼の中ではなかったことになっているとフィネスは思っていたのだが、どうやらそうではなく、テッドと呼ばれた瞬間にドアを閉じるスイッチが入ったのだと理解した。

「ひと安心でございます。犬はブルースです。気性が大人しく、冷静で頭もいい。こういうときにうってつけです」

馬丁がフィネスに犬を紹介する。

フィネスは馬丁に礼を云うと、セオドアを抱いて馬に乗せた。そして自分も飛び乗った。

セオドアはフィネスの前で背筋をしゃんと伸ばしている。

「それじゃあ、行ってくる」

フィネスは馬に合図をして、軽く駆けさせた。ブルースがぴたりと彼らの後ろにつく。少し速度を上げて、木々の合間を抜けた。フィネスの絶妙な手綱さばきに、セオドアは興奮していた。

どのくらい走ったのか、前方が倒木で塞がれていて、フィネスは馬に合図をして速度を落とした。

「…このあたりは荒れているな」

何年か前の嵐の痕がまだあちこちに残っていて、根こそぎ倒れた木が何本もあった。その幹にはびっしりと怪しげな茸《きのこ》が生えている。

馬にゆっくりと歩かせて、あたりを確認しながらもう少し進んでみる。

「もっと先なんだろうか…」

途中で止まると、地図とコンパスを取り出した。

「…ああ、ここかな」

セオドアにも地図を見せる。

「この先に池らしいものがあるから、行ってみたいんだけど…」

思った以上に悪路になっていて、セオドアを連れて入ってもいいものか迷う。

「池?」

「書物には赤い池と碧《みどり》の池があると書かれていて…」

「…見てみたいです」

地図とコンパスをじっと見ていたセオドアが云う。

フィネスは、犬に先導させて道の荒れ具合を確認しながら進むことにした。

念のため持ってきた赤いリボンをところどころの木の枝に括《くく》り付けながら、慎重に進む。それをセオドアは興味深そうに見ている。

「あ、あれ！」

セオドアが声を弾ませて、先を指さした。

「き、黄緑色です」

「確かに。ここからだと黄緑に見えるな」

「すごく綺麗です」

セオドアが思った以上に興奮しているので、できるだけ近くまで寄ってみる。

「わあ、綺麗…」

もう少し近づくと、水面《すいめん》がゆらゆらしていくつもの色が混じっているようにも見えた。

何の影響なのか調べたくて水を採取するための道具も持ってきていたのだが、池の周辺はそこそこ荒れていて、セオドアを連れて近づくのは危険だと判断して、引き返すことにした。

「…赤い池も見たかったです」

「そうだな。けど、また来ればいい。楽しみは先延ばしにするのもいいものだよ」

セオドアは不思議そうな顔でフィネスを見上げる。そんな仕草も可愛くて、フィネスは思わず微笑んでしまう。

帰り道、ブルースに先導させながら、池の水がどんな影響で様々な色になるのか、できるだけ子どもにもわかるように説明してやった。

「カーライルの領地にも不思議な色の湖がある。今度連れて行ってあげよう」

「…い、行きたいです」

よほど嬉しかったのか、セオドアは思わず声を上げる。

彼はぼんやりと受け身でいるだけの子ではない。元々はきっと好奇心旺盛で活発な子だったのではないかとフィネスは思った。

今後も彼が興味を持つような経験をさせてやりたい。夢中になれることが見つかったら、彼はどんどん変わっていくだろう。

そんなことを考えながら馬を進める。

足場の悪いところを何とか抜けたところで、あたりがみるみる暗くなってぽつりぽつりと雨が降りだした。

「…あんなにいい天気だったのに……」

木の陰で雨宿りしようかとも思ったが、しだいに近づいてくる雷が気になる。何より夕立でなかったことを考えて馬を急がせることにした。

あっという間に雨足は強くなってきて、フィネスは急いで自分の上着を脱ぐと、セオドアにかけてやった。

「ブルース、急げ」

犬に先導させて、森を駆け抜ける。

「もうすぐだから」

ぎゅっと彼を引き寄せる。セオドアを庇《かば》うように覆いかぶさって、馬を走らせた。

ようやっと整備されているあたりまで出た。その先に開けた庭が見えてきて、フィネスはほっとした。

「フィネス様！」

心配したボルドーたちが彼らを迎える。ボルドーの指示で、馬丁が二人を迎えに行くために馬を準備しているところだった。

「どうやらこの雨はやみそうにないです。雨宿りされてなくてよかったです」

ボルドーは、馬を下りたフィネスにタオルを渡す。フィネスはそれでセオドアの濡れた髪を拭いてやる。

「セオドアを風呂に入れてやってくれ」

抱き上げて、馬から下ろした。少年は濡れて寒さに震えていた。

「悪いことをした」

セオドアをボルドーに引き渡しながら、フィネスは顔を歪める。子どもは自分が思っている以上に脆《もろ》いのだ。ちょっとした油断で熱を出すし、それが元で亡くなることだってある。

「考えが、足りなかった…」

後悔しきりのフィネスに、ボルドーは無言で首を振る。…と、それを聞いていたセオドアがか細い声で呟いた。

「だ、大丈夫です」

セオドアはしっかりとフィネスを見て返す。

「セオドア…」

「とりあえず、急いでお風呂に。すぐに入れるようにしてあります」

ボルドーは足早に浴室に向かう。フィネスは黙ってそれを見送った。

「フィネス様もびしょ濡れでいらっしゃいます」

カレンがタオルを渡してくれる。

「ああ、私は平気だ」

それでもせっかくなのでそれを受け取って、髪を拭きながら自分の部屋に戻った。

雨だけでなく雨雲が連れてきた風のせいで気温も一気に下がったのだ。そういうことはこの季節はよくある。

迂闊《うかつ》だった。今後セオドアを連れ出す時は、天気の急変に備えた準備が必要だと痛感した。

大人なら大したことではなくても、幼い身体にはダメージも大きい。セオドアに何かあったらルドルフに申し訳がたたない。

風呂から出たセオドアは元気そうだったが、フィネスは早々にベッドに入らせた。

「暖かくして…。夕食まで寝るといい」

カレンたちに任せると、フィネスは自分も風呂に入った。

冷静になって考えれば、幼い子を連れて初めての森の奥まで入っていくなど、軽率すぎた。

敷地内とはいえ森は深い。犬を連れていてもはぐれることだってある。自分が熟知している場所以外は連れて行くべきではないと、深く反省した。

少し重い気持ちで風呂を出て、ふと窓の外に目をやった。

「これは、嵐になりそうだ」

フィネスは急いでボルドーを呼ぶと、通いの者は暗くなる前に帰るように指示をした。

「ルドルフもいないし、この嵐で急な来客もないだろうから、人は足りるだろう。食事も簡単なものでいい。明日も雨がひどいようなら無理をして来ることはない」

「ですが…」

「残った者の負担が増えるようなら、あとで調整すればいい。今は安全なうちに早く帰宅させることだ」

カーライルの家でもそうしていた。嵐の日には家族が揃っていた方がいいに決まっている。そんなときまで領主のために尽くせという考えはフィネスは好きではなかった。

「…わかりました」

ボルドーは帰宅を希望する使用人たちを帰らせて、残った者と嵐に備えた。

雨も風も更に強くなっている。

屋敷の二階は、自分とセオドアだけだ。カレンとマリアンヌはセオドアのために屋敷に残ると申し出たが、フィネスが説得して帰らせた。

降り始めて二時間くらいたったが、雨は止むどころか、風も更に強くなっている。

窓を揺らすほどの雨風に、フィネスはふとルドルフのことを考えた。

帰宅は少し先のはずなので、この嵐の中、立ち往生しているようなことはないはずだが、嵐が去ったあとに道が崩落することだってある。それを考えて、背筋がヒヤリとした。

「まさか、そんなことは…」

慌てて打ち消す。

不吉なことを考えたくなくて、嵐が去ったあとに自分がすべきことを考えた。

地図や文献を取り出して読み込んでいると、わざと少し開けておいた扉から自分を呼ぶ声がした。

「フィン？」

振り返ると、扉のあたりに小さな陰が見える。

「セオドアか？」

急いで扉に駆け寄ると、不安そうに佇《たたず》むセオドアを抱き上げてやった。

「フィン…」

少年はぎゅっとフィネスにしがみつく。

「お腹が減ったのか？」

セオドアは小さく首を振った。

「ひどい風だからな」

ソファに座らせて、自分のガウンを着せた。そして自分もその隣に座る。

「熱は…ないな？」

額に手を当てる。

「大丈夫、です…」

声も嗄《か》れていないし、鼻水も出ていない。

「よかった。本当に悪いことをした」

「…僕が行きたいと云ったから……」

自分を庇うセオドアに、フィネスは驚いて、そして首を振った。

「違う、そうじゃない。あんなふうに、セオドアに決めさせてはいけなかった」

子どもに決めさせてそれに従ったら、今日のように何かあったときに子どもは自分のせいだと思ってしまう。フィネスは自分の至らなさに溜め息をついた。

子どもの希望を聞いてやることと、子どもに決めさせることは違う。フィネスは前者のつもりでいたが、結果的にセオドアは後者だと受け取ってしまった。だから自分にも責任があると思っているのだ。それはまずいとフィネスは思った。セオドアがもう少し大人になるまでは、子どもの行動は大人が決めなければならない。それが親としての責任だろう。

「…もう少ししたら、夕食にしてもらおう」

セオドアは黙って頷いた。フィネスが一緒にいることに安心しているようだ。

「カレンたちには夜になるまでに帰ってもらってる。嵐がひどくなってからだと危険だからな」

「…フィンはお勉強？」

小首を傾《かし》げて机の上の資料を見る。

「ああ。けど、急ぎではない。夕食まで絵本でも読んでやろう」

しかし、その言葉にセオドアは首を振った。

「自分で…読めるから。フィンはお勉強が…」

「セオドア…」

フィネスは思わずセオドアを抱きしめた。

「そんなふうに大人の都合を気にしなくていい。セオドアは自分がしてほしいと思ったことを云えばいいんだよ」

まだ小さい子どもなのに、彼が自分より他人を優先してしまうことに居たたまれない思いがする。恐らく教会の施設に引き取られたときに、必要以上に我慢を強いられてきたのではないかとフィネスは思った。

「子どもはわがままを云う特権があるんだ。もちろん、それを全部聞いてもらえるわけじゃないけどね。それでも最初から遠慮しなくていい」

「……」

セオドアはそんなことを云われたのは初めてで、どう受け取っていいのかわからず目を瞬かせた。

そんな彼に、フィネスは特上の笑みを見せた。

「そういうわけで、絵本だ。まだ読んでないのがいいな」

フィネスはセオドアを促すと、一緒に彼の部屋に絵本を選びにいった。

いつも彼といてやれるわけではないが、それでもこんなときくらいは傍《そば》にいてやりたい。

結局、雨は翌日も一日中降り続けて、風も時折窓ガラスを激しく揺さぶった。

フィネスはセオドアと一緒にいるようにして、嵐が通り過ぎるのを待った。


ルドルフが戻ったのは、雨の勢いがようやく収まった日の夜遅くだった。

フィネスは、セオドアに不安を与えないためにも悪いことは口にしなかったし、考えないようにもしていたが、ルドルフの一行が無事に屋敷に着いたと報告を受けたときは、自分でも驚くほどほっとした。

そして出迎えたボルドーと話をしながら屋敷に入ってくるルドルフを見た瞬間、まるで太陽が差し込んできたような錯覚に陥った。

ルドルフの存在感というかオーラの力強さに、フィネスは圧倒された。

不安は消し飛び、圧倒的な安心感がそこにはあった。

「帰り道でがけ崩れがあって、大幅に迂回《うかい》することになった。犠牲者も出ていると聞いている。ナハラ地区では馬車ごと土砂にのみ込まれて…」

ぐっしょり濡れた外套《がいとう》をボルドーに渡しながら云うと、ルドルフは階段を下りてきたフィネスに目を細めた。

「…お帰りなさい」

「起きて待っていてくれたのか」

フィネスに歩み寄ると、がばっと抱き寄せた。

「な……」

「よいものだな。帰宅すると美しい妻が出迎えてくれるのは」

「何を云って…」

「キスくらいさせろ」

そう云うと、フィネスの両頬に唇を当てた。

「疲れが吹き飛ぶ」

大袈裟なルドルフにフィネスは眉を寄せたが、実はそれほど嫌なわけではなかった。というか、力強く抱き寄せられたことにドキドキしたのだが、そんな自分が恥ずかしかったのだ。

「旦那様、湯あみの支度ができております」

「そうか。…一緒に入るか？」

ルドルフに誘われて、フィネスは呆れたように溜め息をつく。

「私はとっくに済ませています」

「そりゃそうか。では、旅の疲れを流してこよう。起きて待っていてくれるか？」

そんなふうに云われて、逆に素直になれない。

「…ご無事を確認したので、先に休ませていただきます」

つい冷たく返してしまう。

それでも、ルドルフは気に留めてもいない。

「心配してくれていたのか」

ルドルフが嬉しそうに微笑むのも、フィネスには揶揄われているように感じられて居心地が悪かった。

「セオドアがまた一人になっては可哀想ですから」

「そのときはきみがいるだろう？」

真顔で返されて、フィネスは一瞬言葉に詰まった。

「…それより、さっさとお風呂に入ってください。風邪をひきます」

突き放すように云って、自分の部屋に戻った。

つい冷たい対応をしてしまったのだが、一人になるとさすがにあれはないのではないかと反省し始めていた。

あんな無神経な言葉を、雨の中一日かけて移動をしてきたルドルフに云うべきではなかった。何より、彼は自分の身に何かあったときのことをきちんと考えている。

フィネスは自分のお気楽さを恥じた。

どうせ寝付けないので、ルドルフが休むまでアルヌーからもらった資料に目を通すことにした。雨が上がったら被害を確認しに行こうと思っていたので、地図も頭に入れておく。

小一時間もして廊下に出てみると、庭越しに見えるはずのルドルフの部屋の灯りが消えているのに気づく。

自分もそろそろ休もうと、寝室に戻りがてら、セオドアの部屋を覗いて布団を直してやる。

「…おやすみ」

起こさないように小さい声で囁くと、ふと人の気配に気づいた。

「聖母のようだな」

半分ほど開いた扉を背に、ルドルフが腕を組んで立っていた。

フィネスは黙ってセオドアのベッドを離れると、ルドルフと廊下に出た。

「…もう休まれたのだと」

「貴方が待っていてくれたようなので…」

「待ってない」

セオドアを起こさないように小声で返す。

「そうか？　まあいい。それよりできれば手を借りたいのだが」

「手を…？」

「さっき云っていたがけ崩れだが、境界地なのでファーガスが費用を持つにしても修復工事には国王の許可が必要だ。それだけじゃなく、領民が最短の迂回路を通るための許可もすぐに取る必要がある。その申請を明日一番には出せるように、休む前に書類を揃えたい」

フィネスはそんな彼を見直さないわけにはいかなかった。

くたくたに疲れているだろうに、ルドルフは当たり前のことのように云う。

「…そういうことなら私が。書類の作成は得意です」

「心強いな。私はそういうのは苦手で…」

ルドルフは本当に苦手らしく、ほっとしたようにフィネスを見る。

そんなふうに頼られることは、フィネスには嬉しいことだった。

二人はルドルフの書斎で、地図も用意して完璧な申請書を作り上げた。

「こちらにサインを。あの街道はカーライルにとっても必要なものなので、こちらの嘆願書には父の代理として私の署名もしておきましょう。より早く処理されるように」

ファーガスの屋敷で暮らし始めているとはいえ、公式には結婚していないフィネスはまだカーライルの人間だった。彼は書類一式をまとめると、封をして封緘を押した。

「ありがたい。許可が出ればすぐに取りかかれるように人の手配も始めた方がいいだろう。既に農作業が終わっている家なら、人を出してくれるだろう。臨時収入にもなるし」

ルドルフはそう云うと、大きく伸びをした。

「今回の旅はさんざんだった。交渉は予想以上に手こずって、手間のわりには得たものは小さすぎる。挙句帰り道でがけ崩れ。運に見放されたようだったが、それも貴方が待っていてくれたことですべて報われた」

揶揄するような空気はまるでなく、真向かいに座るルドルフはまっすぐな目でフィネスを見る。そして彼の白い手に自分の手を重ねた。ぴくりと、フィネスの手が震える。

「貴方の顔を見るまでは、申請書を作るのは明日にしようと思っていた。しかし貴方が待っていてくれたことで、やる気が湧いてきた。礼を云う」

「そんなこと…」

重ねられた手を振りほどくこともできずに、フィネスは目を伏せる。

「しかもこんな夜中に手伝わせてしまった」

「…当たり前のことです」

ルドルフは重ねたフィネスの手に指をからめた。フィネスの背中がぞくりと震えるのが、ルドルフにも伝わっただろう。

「…知るほどに、貴方に魅了される」

ルドルフの視線を痛いほど感じて、フィネスは動けないでいた。

「フィネス…」

囁くと、机ごしに身を乗り出して口づけた。

貪るように唇を吸うと、舌を差し入れてからみつかせる。

最初のキスとは比にならないくらいに情熱的なキスに、フィネスは我を忘れた。

ルドルフの唇が離されても、フィネスは暫く放心状態だった。

気づいたときにはルドルフに抱き上げられていた。

「なに…を…」

「暴れるな」

抵抗しようとするフィネスを宥めて、ルドルフは奥の寝室まで彼を運ぶ。

広々したベッドにフィネスを下ろすと、じっと彼を見る。

「…貴方を抱きたい。先延ばしにしたことを帰り道ずっと後悔していた」

帰宅したときにルドルフが云いかけた、がけ崩れの犠牲者の話がフィネスの頭を過《よぎ》った。

「今があること、明日が来ることは当たり前じゃない」

ルドルフはそう云うと、フィネスに口づけた。慈しむように、うんと優しく。

ルドルフのキスは巧みで、フィネスは簡単に翻弄されてしまう。

それでも女のように抱かれることに抵抗がないはずがない。それなのに、自分には拒絶ができない。

甘いキスに頭がぼうっとなっているうちに、フィネスはシャツを脱がされていた。相手に考える暇を与えない手際のよさだ。

ルドルフの舌がフィネスの小さい乳首を掬《すく》い上げるように舐める。

「な……！」

慌てて押し退けようとしたが、ルドルフはそれを易々《やすやす》と押さえ込んで、乳首の先端を舌で突いた。

「あ……」

もう一方の乳首を指でくりくりと刺激されて、じわじわとした快感でしだいにフィネスの身体は熱くなってくる。

こんなこと…、なんで…。

これまで経験したことのない愛撫にフィネスは自分がどうなっていくのか不安で、弱々しく抵抗するが、それは拒絶の意味ではない。

ただ、どうすればいいのかわからないのだ。

ふとルドルフの手が下半身に触れて、フィネスは慌てて身体を捩《よじ》った。

「や…！」

「…これは、色っぽいな」

股間が盛り上がって、衣服を持ち上げているのだ。フィネスは恥ずかしさでどうにかなりそうで、慌ててそこを手で覆った。

「そうすると、よけいにいやらしいのだが？」

ニヤニヤと見下ろされて、フィネスは首まで真っ赤になった。

「…可愛い人だ」

ルドルフは、フィネスの手の上からそこを握り込む。

「やめ……」

フィネスは必死になって首を振った。

「胸を舐められるのは気持ちがよかったようだな」

「ち、ちがっ…」

「違うのか？　ペニスを勃起《ぼっき》させているのに？」

「う、うるさいっ」

必死で云い返すフィネスを、ルドルフは愛《いと》しそうな目で見る。

「それじゃあ確かめてみよう」

ルドルフは人の悪い笑みを浮かべると、フィネスの服を剥《は》ぐと下半身を露《あら》わにした。

「や、…めっ…！」

慌てて隠そうとする両手は、ルドルフに阻止された。

「これは…」

痛いほどのルドルフの視線に、フィネスのペニスは更に反り返った。

「…美しい人はペニスまで美しいのか」

嫌がるフィネスの股間を押し開いて、そこを晒《さら》す。

「ば、ばかっ」

恥ずかしさに耐えきれず、きつく目を閉じて唇を噛んだ。

「うんと気持ちよくしてやろう」

低く囁くと、フィネスの屹立《きつりつ》するものに舌を這《は》わせた。

「え……」

ルドルフの舌が、フィネスの性器をしゃぶりあげる。

な、なにを……。フィネスは、身が竦《すく》むほどの羞恥と、そして全身が焼かれそうな快感で、息もできずにいた。

「あ…あ……ぁ…」

とんでもない声が漏れてしまいそうで、フィネスは慌てて自分の口を塞ぐ。

唇でじわじわと締め付けられて、もう今にもイきそうだった。

フィネスは必死に堪《こら》えていたが、長くはもたなかった。

ルドルフに咥《くわ》えられたまま、フィネスは呆気なくイってしまった。

「…いい顔をする」

フィネスは肩で息をして、ルドルフを力なく睨み付ける。

「そういうところも可愛い」

「そうやって揶揄うのが…」

「揶揄ってなどいない。貴方を気持ちよくさせたいだけだ」

云いながら、フィネスの細い腰を撫で、自分の股間をフィネスの腰に押し付けてきた。

「フィネスがあまりにも可愛くて、こっちもすっかり煽《あお》られてしまった」

「な……」

「…触ってくれ」

フィネスの手をとって、前をくつろげ下着の上から触らせる。びくんと手の中でルドルフの硬いものが反応した。

ルドルフは唇で微笑むと、自分で下着を下ろして直接フィネスの手を触れさせた。

熱く生々しい塊に、フィネスは思わず唾を呑《の》み込む。

「…今日は挿《い》れさせろともしゃぶれとも云わないから」

囁くと、フィネスの耳を舐めた。

「もっと力を込めてくれ」

そんなことを云われても、フィネスはどうすればいいのかわからない。

ルドルフは、萎《な》えたばかりのフィネスのペニスに自分のコチコチのそれを擦《こす》り付けると、再びフィネスの手をとって二本のペニスを握り込ませた。

「な、に……」

「ほら、大きくなってきた」

フィネスのペニスが、擦り付けられる快感で再び硬くなってくる。

「…じれったいのも嫌いではないが、今日はさすがにきつい」

大きく息をつくと、ルドルフはフィネスを横抱きにした。そして、彼の太ももに自分のペニスを挟ませた。細いが筋肉質の太ももは、ルドルフのものを適度に締め付けてくれる。

「…ああ、いいよ」

ルドルフは腰を上下させながら、フィネスのペニスを扱《しご》いてやる。

「や…、あ…ぁ…」

フィネスは、内腿を犯す肉の感触をどう受け止めていいのかわからないでいた。

こんなこと…、自分がされる側になるなんて、想像もしていなかった。なのに、なのに…、自分はそれを受け入れて、快感を覚えているのだ。

本当に嫌ならとっくに抵抗している。たとえ骨を折られようとも、自分を好きに扱うことなど決して許さない。

そのはずなのに、耳にかかるルドルフの荒い息は決して嫌ではなく、自分の名前を呼ぶ掠れた声に心を揺り動かされている。

フィネスは殆ど無意識に、ルドルフの逞《たくま》しいものを強く締め付けた。

そのタイミングで、ルドルフは彼の白い内腿を濡らした。

昨夜までの雨が嘘のように、朝から素晴らしい青空で空気も澄んでいた。

フィネスが目を覚ましたときにはルドルフは既に起床していて、申請のための王宮への使いも出発したあとだった。

「朝食は部屋に運ばせようか？」

清々しい顔で云いながら、ベッドの上でもぞもぞしているフィネスに近づく。フィネスは恥ずかしくて、彼の顔を見ることができない。

朝のキスをしようとするルドルフをやんわりと拒んで、昨日脱がされた服を捜す。

「起こしてくれれば…」

「よく寝ていたようだし、まだそんな時間じゃない。ゆっくりするといい」

「今日は忙しくなるのでしょう。ゆっくり寝ているわけにはいかない」

そう返して、フィネスは拾い上げた服に袖を通す。

「そんなくしゃくしゃの服を着るつもりか？」

「…誰のせいだと」

思わず文句を云おうとするフィネスに、ルドルフは笑ってみせた。

「それは悪かった。ただ、きみの服ならここにも用意してある」

大きな衣装箪笥《だんす》を開いて、フィネスの部屋着を出すとベッドの上に置いた。

「ここはきみの寝室でもあるだろう？」

その言葉にフィネスは真っ赤になった。何か反論しようとするが、言葉が出てこない。余裕たっぷりのルドルフの態度に腹が立つ。

フィネスは急いで皺の寄った服を身に着けると、黙って部屋を出た。

いいように弄ばれてそのまま爆睡してしまい、朝まで同じベッドで寝ていた自分に呆れ果てる。しかも、ルドルフが起きたのにも気づかずに。

今日は顔を合わせたくなかったが、そんな子どもじみた真似《まね》はできない。

自分の部屋で服を着替えると、食堂に下りた。

そこには、アルヌーがいてルドルフと話をしているところだった。

「フィネス様、おはようございます」

彼もまたいつ休んでいるのかと思わせるほどの仕事人間だ。彼の部下らしい者も数人一緒にいて、ルドルフの指示を仰いでいた。

「では、私はこれから調査に行ってまいります」

アルヌーの言葉に、フィネスが反応した。

「調査？　被害の？」

「そうです」

「私も行こう。すぐに支度を……」

云いかけたフィネスをルドルフが止めた。

「私たちはここで情報を待とう」

「だが…」

「調査はアルヌーたちに任せよう。慣れた者の方がいい。貴方には情報をまとめるのを手伝ってもらいたい」

フィネスは自分の目で確認したいという思いが強かったが、それでもルドルフの言うことに理がある。アルヌーたちの手前もあって、ここは大人しく引き下がるべきだと判断した。

「ようやく食事がとれる」

アルヌーたちが出て行くと、ルドルフは苦笑しながら食堂に向かう。

「まだだったのか？」

「準備ができたところで、アルヌーがやってきた。とはいえ、そちらを優先しないわけにもいかなかったので」

自分が呑気《のんき》に寝ているあいだに、どれだけの仕事をこなしていたのかと思うと、申し訳ない気持ちと同時に己の不甲斐なさに恥じ入った。

「どこも、被害が大きくなければいいが…」

テーブルに着くと、フィネスは溜め息交じりに云った。

「カーライルのことが気になるなら、一旦戻っては…」

「いや。その必要はない」

ルドルフの厚意を、しかしフィネスはきっぱりと跳ね除《の》けた。

「私はファーガスに来た人間だ」

「それでも気にはなるだろう？」

「…父と兄がいるので」

気にならないはずがなかったが、それでも自分の立場は弁《わきま》えなくてはいけない。

「そうだな。もし何か援助が必要なら遠慮なく云ってくれ。妻の実家を助けるのは当たり前のことだからな」

揶揄っているわけではないのだろうが、そういう云い方はフィネスにはどうしても引っ掛かってしまう。

「その、妻とか奥方とか、女性に対するような云い方はやめてくれないか？」

「…気に障ったか？」

「誤解を受ける。実際、セオドアからも母上と呼ばれた」

憮然として返すフィネスに、ルドルフは思わず噴き出した。

「それは…申し訳なかった。さすがに母上はないな」

クスクス笑いながら詫びる。全然悪いとは思っていないようだ。

「…そのセオドアだが。あの年齢で周囲に気を使いすぎるのが気になっている」

フィネスは真面目な顔でルドルフを見た。

「云いたいことはわかる」

ルドルフも真顔で応じた。

「先入観を与えない方がいいと思って敢えて伝えてなかったが、あとでファイルを渡そう。これまでの調査報告や、医師の診断内容なんかをまとめたものだ」

話しながらパンを千切ってスープに浸すと、フォークで奥に沈める。

「セオドアの養父母は商売でそこそこ成功して、それなりにゆとりのある暮らしをしていたようだ。ただ子どもが持てなくて、セオドアをそれはそれは大事に育ててくれた。彼らはセオドアの実の親がどういう人物かも知らなかったと聞く。セオドアの母親の実家の関係者が間に立っていて、年に一度か二度セオドアの報告をしていた」

フィネスは黙って話を聞いた。

「その関係者が事故のことを知るまでにずいぶんと時間がたってしまったようで、その間にセオドアは施設に預けられてしまっていた。そこでは身体的な虐待こそ受けてはいなかったが、嫌がらせのようなものはあったらしい。冷たく厳しい環境で、息を押し殺すようにして時間を過ごしていたことは想像に難くない。両親を亡くした悲しみを癒《いや》そうとする幼い子には精神的虐待と云えるだろう」

「それがわかっているなら、貴方が親としてもっと愛情を注いで……」

そこまで云って、フィネスは言葉を止めた。

「…云いすぎた」

「いや、その通りだ。それはわかっている。ただ、私にはなかなか難しい」

ルドルフは少し情けない顔をした。

「有《あ》り体《てい》に云えば、きみが羨ましい。会ったその日に気を許したと聞いている」

「それは…」

「初めてセオドアと対面したときは妙な感じだった。自分のミニチュアのようだったからな。そして彼を抱き上げた途端に、ものすごい拒絶にあった。本能的な恐怖を感じているようだったな。セオドアは恐ろしくて泣きたいのを、それでも必死で堪えていた。あれなら大声で泣かれた方がずっとましだった。彼は泣くことが許されないのを感じ取っていて、ただただ全身で私を拒絶していた」

ルドルフの体格や強いオーラは、幼児には畏怖の対象となったのだろう。

苦笑を浮かべるルドルフは、本気でまいっているようだった。

「世話係のカレンたちとも、今では何とか普通に話ができるようになったようだが、それもこのひと月ほどだ。医師にも相談しているが、とにかく焦らずに時間をかけろと云われるばかりで…。きみも気づいていると思うが、セオドアにとっては私と接する時間は苦痛のようだ。それなのに、接する時間を増やすのが果たして彼にとっていいことなのか」

フィネスは思い違いをしていた。ルドルフは仕事優先でセオドアのことを他人に任せきりだと思っていたのだ。しかし、彼なりにセオドアを気遣っていた。

「セオドアが私に気を許しているのなら、これからは私も協力するので」

「それは、ありがたい…」

「とにかく、もっと一緒にいる時間をとるべきかと」

ふと、フィネスは思い立ったように給仕を呼ぶ。

「セオドアは起きてる？」

「…はい。ちょうどお食事をお部屋に運ぶところで…」

「ここで一緒に食べさせよう」

フィネスの提案に、使用人たちが一様に驚いた。まだ幼い子どもが領主である父親と同じテーブルで食事をする習慣はなかったのだ。

「ここでか？」

戸惑うのは使用人たちだけではなく、ルドルフもその一人だ。

「貴方は領主としての仕事が忙しくて、そうでなくてもセオドアと接する時間が短い。それを補うためだと思えばいい」

「それはそうだが…」

ボルドーが心配そうに二人を見守る。フィネスがセオドアに同情して一緒に夕食をとったときから、こういうことになるのではと気がかりだった。これではまるで庶民の家のようではないかと思ったのだ。

しかしフィネスの考え方は違っていた。そんな習慣よりも、セオドアが自分たちを親として信頼できると感じるには、関わる時間こそが大事なのだと思っていた。

「セオドアは精神的虐待を受けたと考えるべきだ。そんな子どもの傷を癒すには杓子定規《しゃくしじょうぎ》なやり方を続けていてはダメだ」

フィネスは強い言葉で云った。それはルドルフだけでなく、ボルドーや他の使用人たちにも聞かせているつもりだった。

「それは…そうだ」

「ではルドルフはずっと笑顔で。何か楽しい話を考えておいてくれ」

そう云うと、食事を中断させてセオドアを連れに行った。

「楽しい話とは…。これはまた無理難題を」

ルドルフは苦笑しつつも、スープを吸ってぐだぐだになっているパンを救出した。

すぐにセオドアを抱いて戻ってきたフィネスは、ルドルフにウインクをしてみせた。

「セオドア、父上に朝のキスを」

フィネスの腕の中で、セオドアが露骨に身を硬くした。

「父上は、今日は朝からずっと仕事で。セオドアが起きてくるのを楽しみにしておられた。旅の話も聞かせたいようだ」

ルドルフはまいったなという顔で、笑う。それはいつもの威厳に満ちた顔とは少し違っていて、それを敏感に感じ取ったセオドアは思いきって、それでも恐る恐るキスをした。

「…おはよう、ございます」

「おはよう。留守番ありがとう。土産を買う暇もなくて悪かった」

セオドアは小さく首を振る。まだ緊張はしていたが、いつもほどではない。

フィネスは自分とルドルフの間にセオドアの席を作らせた。セオドアは戸惑いつつも、その席に座る。

「時間があるときは、こうして皆で食べるのも悪くない」

フィネスは微笑みながら、セオドアの食事を運ばせると、心配そうに後ろで控えるカレンに声をかけて下がらせた。そして彼女に代わって、セオドアの胸元にナプキンをかけてやる。

使用人たちはこんな光景は初めてで、驚きつつもそれを態度には出さないように、黙って自分たちの仕事に戻った。

「行きは天気もよくて、途中で旅の一座と出会ったよ。私より大きな男たちがドレスを着て踊るのだが、それが実に軽やかで」

ルドルフの話にセオドアは目を真ん丸にした。

「その一座の話なら聞いたことがある」

「来年両親が結婚三十年を迎える。祝いの席にその一座を招待するのもいいな」

「楽しそうだ。きっと喜ばれるだろう」

「顔を真っ白に塗りたくって、ドレスがまるで似合ってないのだが、踊りが見事でそれを忘れさせる。飛び入りも歓迎されていたので、フィネスもドレスで出てはどうか」

「それは断る。転んでしまいそうだ」

セオドアはスプーンを握りしめたまま、ルドルフとフィネスが楽しそうに話すのを見ていた。

そんな彼にフィネスはさりげなくスープを飲むように促す。

「そういえば、セオドアはフィネスと森に行ったようだな？　楽しかったか？」

「…はい」

スープをごくりと呑み込んで答える。そして少し考えて付け足した。

「……池を見ました。黄緑色の…」

それを聞いたときのルドルフの目は、驚きとそして悦びに満ちていて、その思いがじわじわと表情に広がっていくのがフィネスにもはっきりと感じ取れた。

「そうか…！」

自分の息子から自発的に発せられた言葉に、ルドルフは強い感銘を受けた。これまで息子から聞いた言葉の殆どが「はい」で、聞いたことへの返答以外に、セオドアが何かを口にしたことはなかったのだ。しかしあまり露骨に悦びすぎてセオドアが戸惑うといけないと考えて、努めてさりげなく続ける。

「よく見つけたな」

「…フィンに連れて行ってもらいました」

ルドルフは、フィネスを母上と呼んだ話を思い出して、ちらりとフィネスを見た。

「フィンと呼んでいるのか。それはいいな。私もそう呼ぶか」

フィネスはわざと顔を歪めると、黙って首を横に振った。

「なんだ。セオドア限定か？　羨ましいな」

ルドルフが息子に見せたその笑みはこれまでにないほど柔らかい。

偉大な父のそんな笑顔にセオドアは戸惑いながらも、どこか嬉しそうにフィネスを見る。フィネスもそんなセオドアに微笑み返した。

セオドアは、気持ちがじわじわと温かくなってくるのを感じていた。

「地図によれば、黄緑の池の奥に赤い色の池もあるはずだが…」

フィネスが話を続けるのを聞きながら、セオドアは森のことを思い出していた。フィネスによればたくさんの動物が棲《す》んでいるらしい。リスは庭でも見たことがあるが、他にもいろいると。見てみたいなあとぼんやりと思う。

「赤というより赤褐色だが」

ルドルフがフィネスの話を受けて、続ける。

「雨のあと水の量が増えるとルビーのように見えることもあるそうだ。とはいえ、そんなときに近づくのはお勧めできないが」

「ルドルフは行ったことがある？」

「ああ、何度か。少しわかりにくい場所にあるのだが…。確か目印が残っているはず」

「目印があったのか。先に聞いておけばよかった」

「いや、それでもセオドアと二人では…。そうだ、今度三人で行ってみるか？」

フィネスではなく自分に向けられた言葉に、セオドアはほわっとした表情で頷いていた。

なんだろう、父がいつもみたいに怖くない。すごく不思議な気分だった。

こういうの、以前にも経験したような気がする。父上もフィンも自分の両隣で笑っていて。

これが初めてではないような？

思い出そうとしたが靄《もや》がかかったようで、はっきりしなかった。


「まだ寝ないのか？」

遅い時間まで仕事をしていたフィネスの書斎に、ルドルフが顔を出した。

「もう終わる。そちらはアルヌーたちはもう帰った？」

彼らはディナーの最中もずっと仕事の話を続けていて、ルドルフは臣下から出された様々な案を丁寧に吟味していたようだ。

「ああ。明日は昼より早く来るなと云っておいた。彼にはもっと休んでもらわないと…」

苦笑してみせるルドルフに、フィネスは肩を竦めた。

「それは、貴方も同じでは？」

それにルドルフは苦笑を浮かべただけだった。

「…そんなことより、貴方には礼を云わないと」

「そんな必要はない。これは私の仕事でもあるのだから…」

「いやそのことではなく、セオドアのことだ」

ルドルフは朝の出来事を思い出したのか、目が優しくなる。

「セオドアがあんなふうに話してくれることが、自分にとってこれほど嬉しいことだとは思ってもみなかった」

「……」

ルドルフが見せた父親の顔に、フィネスはどきりとする。

「自分でも戸惑うほどだ。こう、奥底から愛しいという感情が溢れてきて、彼のためなら何でもしてやりたいと思ったのだ」

「それはきっとセオドアにも通じたはずだ」

「それならいいが。とにかく貴方のおかげだ。感謝する」

目を細めてフィネスを見ると、彼の傍に寄った。

「感謝などと大袈裟な…」

「いや、貴方がいなければ一生気付かなかったかもしれない」

フィネスを抱き寄せる。そして感謝を込めて頬にキスをした。

「これからも協力してもらえるか?」

「それは、もちろん…」

フィネスを抱きしめたまま、顔を覗き込む。

フィネスはそのルドルフの目があまりにも優しすぎて、思わず視線を逸らしてしまった。その反応を、ルドルフは見逃さなかった。

「…私の目は確かだった。貴方は美しくて聡明なだけではない。私にとって必要な人だ」

恍惚《うっと》りとしたようにフィネスを見ると、彼の唇に口づけた。

「私は自分の運の強さを感じている。貴方を自分のものにできる境遇に。この国に同性の結婚を許す法があることに。そして貴方と一緒に息子を育てていける環境に。今日ほどそれに深く感謝した日はない」

「……」

そんなふうに云われると、フィネスは抵抗できなくなってしまう。

今日一日ルドルフの傍にいて、彼のプライベートな顔と公的な顔の両方を見てきて、フィネスもまた自分の幸運を感じ取っていたのだ。

彼の仕事ぶりはまさに上に立つ人間に相応《ふさわ》しいものだ。専門の知識を持つ臣下を信頼して仕事を任せ、常に俯瞰で捉える能力は特筆すべきものだった。臣下たちの話では、たびたび専門家を招聘《しょうへい》してレクチャーを受けているという。

面倒な仕事の殆どを臣下に任せて、取り巻きを集めて毎日狩りや茶会や夜会にと遊んで暮らす領主も少なくない。サロンでバカ話をすることを、これは社交であり仕事のうちだと嘯《うそぶ》く貴族たちを、フィネスは何人も知っていた。むしろそうした価値観の人間の方が多いかもしれないのだ。

それだけに、自分の結婚相手が有能で勤勉であったことは、幸運に違いない。しかもルドルフはただ有能なだけでなく、臣下への思いやりもあり、また息子への愛情も深い。そんな彼に魅了されないはずがない。

「ルドルフ…」

「ラウルと……」

再び、さっきより深く口づけられて、フィネスはそれを受け入れてしまっていた。

ルドルフの舌がしっとりと、フィネスの舌にからみつく。激しさよりも甘さの方が上回る、心地よいキスだ。

それでも繰り返されると、フィネスの息は熱を帯びてくる。

ルドルフは、すぐにそれを感じ取った。

「…部屋に……」

手をとって、導かれる。

フィネスはその手を振り払うこともせずに、寝室までついていってしまう。

「貴方を自分のものにしたい」

繋いだ手に口づけると、上目づかいでフィネスを見た。

びくっとフィネスの手が震えた。

「それは…」

「無理強いはしない。しないが…、少しずつ試してみたい」

「……」

俯いたまま、戸惑いを隠せないフィネスの髪にルドルフはそっと口づける。

「貴方を傷つけるようなことを、私がするはずがない」

「……」

躊躇いがちに視線を上げると、慈しむようなルドルフの視線にぶつかる。

「…貴方が欲しいんだ」

フィネスはごくりと唾を呑み込んだ。

喉が上下して、それはどこかルドルフを誘っているようだった。

ルドルフはたまらず、フィネスの唇を塞ぐ。薄い唇を吸って、少し強引に舌を差し入れる。

「あ、…は…ぁっ…」

熱っぽくフィネスが息を漏らした。

ルドルフは何度も口づけながら、呆れるほどの手際で服を脱がしていく。

「…綺麗だな」

現れた磁器のように白く滑らかな肌に、舌を這わせる。

ルドルフの愛撫によって、白い肌にうっすらと赤みがさす。その肌を彼はじっくりと堪能する。

「フィン…」

耳元に甘く囁かれて、フィネスの身体がぴくりと跳ねた。

いつのまにか下着も脱がせていて、脚を大きく開かせた。苦しそうに頭をもたげるフィネスのペニスがびくびく震える。

「や……」

真っ赤になって嫌がるが、本気で抵抗しているわけではない。ただ恥ずかしいのだ。

「…気持ちよくしてやろう」

微笑を浮かべて、昨日のようにフィネスのペニスをしゃぶってやる。

「あ…っ…あ」

抵抗することもできずに、フィネスは自分の口を覆っていやらしい声が漏れるのを必死で抑えるのが精いっぱいだ。

不意に、その奥にルドルフの指が入り込んだ。

「……え……」

深く入れることはせずに、入り口付近を探るように指を蠢《うごめ》かせる。

指を濡らした香油が双丘に滴《したた》って、指は更に奥まで埋まった。

「や……」

弱々しく抗うフィネスは、ルドルフをよけいにその気にさせてしまう。

ルドルフの指が前立腺を探し当ててそこをぐりぐりと刺激する。強い快感にフィネスは我慢できずに濡れた声を上げてしまう。

焦らすようにペニスを舐められて、後ろを指で弄られて、フィネスは長くは持たなかった。

「可愛いな…」

恥ずかしくて顔が上げられない。

何より、射精したのに熱は少しも収まっていない。

「フィン…」

ルドルフは、そんな彼をうつ伏せにさせた。

フィネスの双丘から滴る香油の淫靡《いんび》さに、思わずいらっとしたように片目を瞑《つむ》った。

「…これは、我慢しろと云われてもな…」

溜め息交じりに云うと、再び指を埋める。

「や……」

フィネスは腰を捩ったが、それは逆効果だった。

「…後ろ、気持ちよさそうだったぞ？」

「ち、ちがっ…！」

「ここ、開きかけてる」

指を二本に増やして、ぐりぐりと広げる。

「やめ……」

小さく頭を振る。が、それ以上強く抗うことはない。

ルドルフは、更に香油を滴らせた。そして三本の指を深く埋める。香油のぬめりに助けられて、指は難なく入り込んだ。

「あ……ぁ…だ、めぇ…」

フィネスはシーツに顔を埋めて、声を押し殺す。

ルドルフは何度も指を出し入れして、そこを慣らしてやる。

「フィン…、少しきついかもしれんが…」

ルドルフはフィネスの耳を軽く舐めて、自分の硬くなったものに香油を塗りたくって、先端を彼の後ろに捻《ね》じ込んだ。

「ちょ……む、……」

全部云う前に、ずるりとそれは入り込んできた。

「フィン、力を抜け」

そんなことを云われても、強い違和感を受け入れられずにいる。

「…私がおまえを傷つけるはずがない。安心してゆっくり息を吐け…」

フィネスは、少し掠れた、それでもこれ以上ないほど優しい響きに、云われたようにゆっくりと息を吐いた。

フィネスの緊張が緩んだタイミングに合わせて、ルドルフのものが更に入り込んできた。

さっきほどの違和感はない。

「そう。上手にできたな」

そう云うと、フィネスのペニスを愛撫してやる。

「ゆっくり動くぞ？」

抜き差しを繰り返して、内壁を擦りあげる。たっぷりの香油のせいで、そこはぐちゅぐちゅといやらしい音を立てて、フィネスは恥ずかしくてたまらない。

それでも少しずつ慣れてくると、違和感よりも快感が勝ってくる。

「ああ、いいよ…」

ルドルフはフィネスの呼吸に合わせて、ゆっくりと中を擦ってやる。

「ラウ…ル……」

フィネスが思わず彼を呼ぶ。

初めてなのに、自分のそこは感じ始めている。

「ここ、いいのか？」

フィネスの弱いところを探り当てて、執拗《しつよう》に突いてやると、フィネスはたまらず背をのけ反らせた。

「…可愛いな……」

フィネスの感じている顔が見たくて、彼の顎に手をかけると身体を捩らせた。

想像以上に艶めかしい目をしていたフィネスに、ルドルフはぞくりとした。

「…たまらないな」

自分の舌をべろりと舐めると、喰いつくようにフィネスに口づけた。

ルドルフのペニスも更に熱を帯びて、フィネスの中を犯した。

優しくするつもりが、フィネスの匂い立つように色気にあてられて、獰猛《どうもう》な支配欲を抑えきれなくなる。

少し乱暴に腰を揺らして、何度も抜き差しを繰り返す。

「あ、…あっぁ…！」

フィネスの喘ぎ声が、更にルドルフを煽った。

抉《えぐ》るように腰を使うと、ゴリゴリと擦りあげていく。そして、その奥深いところに自分のものを放った。

「フィネス？」

ルドルフが離れると、フィネスは崩れるように身体を沈めた。

どうやら失神してしまったようだ。

「やりすぎたか…」

放心状態の彼の身体にブランケットをかけてやろうとして、内腿が自分が放ったであろうもので汚れているのに気づく。

悪かったと思うと同時に、その艶めかしさに身体が反応してしまう。

もう一度そこを犯したい、そんな衝動にかられる。

「…いくらなんでもそれは鬼畜すぎるだろう…」

自分を戒めて、そこをタオルで拭いて、ブランケットで彼の身体を覆った。

「あまり挑発しないでくれよ」

囁くと、フィネスの髪に口づけた。


「カーライルに大きな被害がなくて何よりだ」

フィネスの元に父からの手紙が届いて、先日の嵐はカーライルの土地からは逸れていたことがわかって、フィネスは安堵した。

「…父もほっとしていたようだ。この前の被害に続いてだと目も当てらない。他にも心配なことはいくらでもあるというのに…」

「カーライル侯には、できるだけ早く我々の婚姻が正式なものになる報告をして、安心していただかなくては」

諸侯の婚姻には国王の許可が必要だ。有力な諸侯が強い結びつきを持つことで、王室を脅かすほどの大きな力を持つことを避けるためだ。

「そのことだが、来月のタミー王女の八歳のお祝いの会に招待してもらえるよう、父上が手を回してくれるようだ」

その言葉に、ルドルフの顔がぱっと晴れた。

「それはありがたい。さすがカーライル侯。王女のお祝いは内輪の会なので誰もが出席できるわけではないからな」

通常ルートで許可を求めるとなると、何か月も待たされることは珍しくない。スローン侯に対する牽制のためにも、早いにこしたことはなかった。

「そうとなれば、王女への贈り物に関して今から考えておかないとな…」

「それなら義姉上《あね》に相談してみれば…」

「ぜひ頼む。それと問題ないようならセオドアも連れて行きたい。了解をとった方がいいだろうな」

「恐らく。それは父上に聞いてもらおう」

ルドルフは頷くと、ひと仕事終えたとばかりに大袈裟に伸びをした。

「ところで、きみの父上は他に私に何か云いたいことがあったのでは？」

「……」

「違ったか？」

悪戯《いたずら》っぽくフィネスを見る。

確かに、父からは協力の打診があった。フィネスが云い出しにくいだろうと慮《おもんぱか》って、自分から話を振ってくれたのだ。フィネスはその思いやりに感謝した。

「…今行っているファーガスの治水工事に、カーライルの技術者を志望する者を参加させてもらうことはできないだろうか。カーライルには優秀な技術者が少ない。できればこの機会に勉強させてやりたい」

父の人脈とバーターのつもりではないのだが、そう受け取られても仕方ないと割り切った。

「厚かましい話なのは承知しているが、もしできるなら…」

「なんだ、そんなことか。いつでもかまわんぞ」

あまりにも簡単に返されて、フィネスは驚いた。

「いいのか？」

「いいも何も。何か問題があるか？」

ファーガスが技術者を全国からスカウトしているのは、技術の重要性を知っているからで、当然それには敬意を払うと共にそれなりの厚遇を約束している。つまり技術力を得るにはそれなりのコストがかかっている。それをカーライルにも与えてくれるというのは、少々気前がよすぎないかとも思う。

「何か条件が…」

「そんなものはない。技術を学んだカーライルの者が、将来新しい技術を開発することだってあるだろう。技術は常に進化し続ける。囲い込むことはマイナスでしかない」

その考え方はフィネスも同じだが、それは与える側だから云えることで、受け取る側が主張できることではない。

「そういえば、カーライルにはアシュの人たちを特別地区に受け入れていると聞いたが。彼らから品種改良した種を購入して生産量を上げていると。どうせなら技術ごと買って同盟を結んでいる領地内で販売した方がよくないか？」

その提案に、フィネスはちょっと身構えた。

「それは、簡単にはいかない」

「資金が不足しているなら…」

「そういうことではない。信頼関係の話だ」

アシュの集落は元々はもっと西にあった。彼らは代々耕作技術や作物の種の品種改良の技術に長《た》けていて、それゆえ狭い土地でも生産量を増やしてきたが、不幸なことにその技術力は領主に目をつけられ、利用されることになった。彼らは強制的に技術を搾取されるだけで、努力が報われることはなかった。

生産量を増やしてもそれに応じて税の割合も増えるシステムで、手元に残る分は常にカツカツで、彼らの生活はいつまでたっても苦しかった。

領土争いによって領主が変わっても何も変わらなかった。それどころか、戦争に人手をとられて、土地も戦火に焼かれることになった。

それでも彼らは逞しかった。戦乱に乗じて、自分たちで領主を変えることを選択したのだ。

そのころのカーライルは次々に土地を奪われ、領民の数も激減していた。僅かな耕作地以外には不毛と呼んで差し支えない土地ばかりが残っている有様だった。

それに目を付けたのがアシュの人たちである。

彼らはその不毛な土地を自分たちの技術で畑に変える自信があった。しかしそれをしたところで、以前のようにまた搾取されてはたまらない。

彼らは当時のカーライルの領主と話し合って、技術は渡せないが種は提供する、という約束で移り住むことになった。

カーライルにしてみれば、そもそもは耕作地にできない土地なのだから損はない。生産できない土地に税はかけられない。そこが耕作地に生まれ変わり人々が暮らせる場所になるなら、彼らの条件で受け入れる以外の選択などない。

アシュの人たちは、数年がかりで荒れ地を耕作地に変えて、しかも年々生産量を増やして念願の豊かな生活を手に入れた。

カーライル侯は最初に交わした約束を反故《ほご》にすることなく誠実に関わってきたことで、彼らとの信頼関係を築いてきた。それでも彼らは技術を譲り渡すことは頑として受け入れようとはしなかった。

「彼らだって、技術を交換し合うことで更なる技術の進歩があることは理解しているだろう。それでもそれを拒まなければならないほどの過去が彼らにあったのだと思っている」

フィネスはアシュの民が辿ってきた経過を説明した。

「…そうか。愚かな領主のせいで技術の進歩が足踏みさせられるのは苛立《いらだ》たしいが、根気強く説得していくしかないいな」

ルドルフの言葉に同意しつつも、アシュの人たちを説得するのは至難の業《わざ》だと云うしかないとフィネスは考えていた。

「一度、彼らと話をしてみたいものだ。落ち着いたら席を設けてもらえないだろうか」

「それくらいなら…。父に話をしておこう」

「よろしく頼む。ノルガーの技術者には話をつけておくので、いつでも参加するといい。レクチャー好きのハモンドという男がいるので、彼のところで学ぶよう手配しておこう。ひとつ質問するだけで、聞いてないことまで延々説明し続ける。それでちょっと煙たがられているが、本人はまったく気にしていない。まあ愛すべき男だ」

「…感謝する」

フィネスが頭を下げると、腕を掴まれ引き寄せて口づけられた。

「感謝よりも、私はこっちの方が…」

「そ、そろそろアルヌーが……」

フィネスは慌てて彼を押し退ける。まだ日が高いうちから執務室でいちゃいちゃするわけにはいかない。

案の定、すぐにアルヌーがやってきたと使用人頭のボルドーが伝えに来た。

「…仕方ない。仕事にかかるとするか」

肩を竦めるルドルフに、フィネスは苦笑を返した。

「私は早速父上に連絡したい。すぐにでも工事に合流できるように…」

「ああ、かまわない。こっちは私が進めておく」

フィネスが廊下に出ると、アルヌーとすれ違った。

「今日はたっぷり眠りました。すごく頭が冴《さ》えているので、ややこしい相談でもあればいつでも聞きに来てください」

そういえば彼もそれなりにレクチャー好きだ。話し始めると止まらないが、それでも話に矛盾点はなく常に論理的だ。同じ話を繰り返すこともない。

「それは何より。何かあったら伺う」

寝不足でもあれだけの仕事ができているのだから、更に冴えた頭ならどんなことになるのだろうとつい思ってしまう。

ファーガスは人材に恵まれている。というよりは、ルドルフがそうした人材に厚遇を与えているせいだと考えるべきかもしれない。アルヌーにしても、彼の父の身分はそれほど高くはなかったと聞いている。

部屋に戻って、フィネスは急いで父宛ての手紙を書いた。いろんなことが思っているより早いスピードで進んでいる。そう、ルドルフとのことも…。

「何を考えて……」

人を呼んで手紙を託すと、窓の外に目をやった。庭で乗馬の練習をしているセオドアが窓越しに見える。

今朝も親子で一緒に朝食をとった。気のせいかもしれないが、セオドアのルドルフに対する緊張が小さくなったように思える。

自分から話をすることはまだなかったが、二人の話を一生懸命聞いている姿は微笑ましくて、フィネスは抱きしめたくなる。

乗馬も初めて見たときと比較すると、ずいぶんと上達していた。

離れたところからだと彼の表情まで見にくいこともあって、ルドルフ譲りの整った容姿と姿勢のよさで、実に見栄えがする。

これで彼に自信が生まれたら、いかにも後継ぎといった雰囲気も出てくることだろう。

「楽しみだな…」

自分が知らなかったルドルフの幼少期から少年期をこんな形で追うことができることは、何とも妙な気分だ。

もちろん二人は別人格なのだから、こういう見方は正しくないのだが、それでも見た目がこれほど似ていると、ついそんな期待をしてしまう。

「本当に楽しみだ」

フィネスはその美しい眉を下げて、優しく微笑んだ。


「素晴らしい。男性にこのデザインは無理だと思いましたが、フィネス様は見事に着こなしておられる」

ファーガスで一番のテイラーは、自分が仕上げた衣装を自画自賛した。

それもそのはず、最高級の織物で仕上げたそれはフィネスの美貌をこれ以上ないほど際立たせていた。

身体のラインにぴったり添った下衣は、彼のすらりと伸びた脚を魅惑的に包み、膝まである長いブーツはどこか禁欲的だ。上衣は豪華な刺繍入りで、高い襟元が長い首を強調している。少し伸びた薄茶の髪と高めの襟のせいで、艶めかしいうなじのラインを隠していて、やはり禁欲的だ。

「サリーヌ殿、これは少し華美ではないかと」

フィネスの言葉を、サリーヌはきりっとした目で制した。

「そのようなことはございません！　宮廷での流行はこのような傾向でございます。まさに最前線！　私どもはファーガス侯のために、宮廷に出入りしているデザイナーにデザイン案を依頼しておりますので」

「べつに最前線ではなくても…。時代遅れでない程度で…」

「それではファーガスの名誉に傷がつきます。こちらは、ルドルフ様とフィネス様という美男カップルがモデルでございますゆえ…」

「なんだそれ…」

いちいち大袈裟だなと思いながら、フィネスは軽く溜め息をついた。しかしそれにサリーヌは心外とばかりに反論する。

「お二人はファーガス領民の自慢でございます。どこに出しても恥ずかしくないご領主カップルですから、自慢して自慢して自慢し尽くします」

そのためにもサリーヌは手間のかかる細工も厭《いと》わず、手の込んだ衣装を作り上げたのだ。その技術力の高さとファーガスへの献身は、フィネスも認めないわけにはいかない。

「婚約の儀のお衣装もどうぞ私どもにご依頼ください」

サリーヌが独演をぶっているところに、ルドルフが顔を出した。

「衣装が届いたそうだな」

云いながら入ってきたルドルフは、フィネスの姿に思わず目を見開いた。

「これは…素晴らしい」

「でしょうとも！」

サリーヌがこれ以上張れないほど胸を張った。

「でかした、サリーヌ」

ルドルフが大袈裟に褒める。サリーヌは胸に手を当ててもう一方の手を広げると、うやうやしく一礼してみせた。

「お褒めいただき、光栄にございます」

「これは…フィネスでないと着こなせないな」

「私もまったく同じことをさきほど申し上げました」

「華奢と云ってもいいくらいの細腰だが、か細くはない」

そう云いながら腰に手を回そうとするルドルフの手を、フィネスは軽く払う。サリーヌの手前、抱きしめられるわけにはいかない。

「…当たり前だ。腹筋割れてるからな」

クールに返すと、ルドルフを流し見た。

「知っている」

ルドルフはにやっと笑う。サリーヌは聞いてはいけないことを聞いたような気がして、一瞬表情を強張らせたが、聞かなかった振りをした。

「この身体にまといつく布がエロい」

「そこ！　そこでございます。さすがファーガス侯、お目が高い！　身体のラインを隠しつつ、それでいてまとわりつくエロティックさがテーマでございます。昨今の流行ですが、このように上品に着こなせる方はそうはいません」

「なるほど。おまえは天才だ」

「ありがたきお言葉」

二人のテンションの高さに、フィネスはちょっと呆れていた。それでも着心地のよさは特筆に値する。布がまとわりついても不快感は一切ない。王に配慮して金糸銀糸は使っていないというのに充分に華やかだ。

「それはそうと、ルドルフの衣装は…」

「それは内緒だ」

即答されて、フィネスはちょっと眉を寄せる。

「それはずるくないか。私は自分だけ浮くのは嫌なのだが…」

「その心配はない。まあ楽しみにしておくといい」

フィネスは仕方ないなという風に肩を竦める。

サリーヌが細かい点をチェックして、もう少し手を入れたいというので好きにさせることにして、そそくさと衣装を着替えた。

「美しい人を着飾らせるのは実に楽しい」

サリーヌが帰っていくと、ルドルフは改めてフィネスにキスをした。

二人ともまたすぐに執務に戻らないといけないのだが、じゃれあうくらいの時間はある。

「…縫製技術が素晴らしいのは認める」

「だろう？　王宮で披露するということは新たな顧客の開拓にもなる。サリーヌの工房で金持ちの顧客が増えると、その噂《うわさ》を聞いた者が工房に研修に来る。それが技術の更なる発展に貢献する。そしてファーガスにも恩恵をもたらす」

「まあ、それには反論しない」

「美男美女の領主にはそれなりの役目が…」

「美女とは貴方のことか？」

フィネスが不満そうに云うのに、ルドルフは笑ってみせた。

「美男カップルだな」

「自分で云うか…」

「謙遜しても仕方ない」

自信満々に微笑むと、フィネスの細い腰を抱き寄せる。

フィネスは呆れ顔だったが、それでも他に人もいなかったので、ルドルフのキスを阻止しようとはしなかった。

短い期間で、彼はすっかりルドルフを受け入れていたのだ。

「今日は執務を早めに終わらせて、剣の稽古をしようと思う。暫くやっていなかったから身体がなまっている。錆《さ》びつかないように、ときどきは磨いておかないとな。フィネスも付き合わないか？」

彼らの腰に携帯されている剣は、既に装飾品のようになってしまっている貴族も多いが、それでもルドルフにとっては伊達《だて》ではないのだ。

「ぜひ」

フィネスは即答する。剣には自信があった。

「セオドアに見学させたいな。どうだろう？」

「いいんじゃないか。上背で勝る父上を私が打ち負かすところを見れば、いろいろ学ぶべきことも見つかるだろう」

フィネスはルドルフの腕から逃れると、そう返して不敵に笑った。

「これは、よほど自信があると見える。用心してかかるとするよ」

「それなら、早く仕事を片付けてしまおう」

フィネスは急いで資料室に向かう。

その途中にセオドアの部屋を覗いて、歴史の勉強中の彼に声をかける。

「もうこんなに進んだのか」

「セオドア様は覚えが早くて、どんどん吸収されています」

「そうか。今後が楽しみだな」

そう云って、セオドアの頭を撫でる。

「このあと…、そうだな、あと二時間くらいしたら、武道場に見学に来るといい」

「見学、ですか？」

カレンが遠慮がちに口を出す。

「ああ。剣術の勉強になる」

詳細は告げずに、部屋を出た。


フィネスがルドルフの臣下と準備体操がわりに手合わせしているのを、ルドルフは興味深そうに見守っている。そこにカレンたちに連れられたセオドアが現れた。

「セオドア！」

ルドルフが息子を抱き上げる。

セオドアはやはり緊張するが、それでも以前のように拒絶で全身が強張るというわけではなく、ただ緊張しているだけのようだ。

「これからフィネスと私が勝負する。もちろん、私を応援してくれるな？」

悪戯っぽくウインクしてみせる。

「…フィンと父上が？」

セオドアはルドルフの腕の中で驚いて目を真ん丸にした。

「まあ、セオドア様、どちらを応援しましょうか」

「私に決まっている。なあ、セオドア？」

フィネスは防具を取るとそれを小脇に抱えて、セオドアの頬にキスをする。

セオドアはルドルフに抱かれたまま、小さく頷く。素直すぎる息子にルドルフは苦笑して、彼を下ろした。

「で、ハンディはどうする？」

「必要ない」

「そうは云っても体格が違う」

「剣は組み合いとは違う」

「それでもリーチが違うだろう」

フィネスはきっぱりと首を振った。

「必要ない。もちろん手加減も不要だ。戦場ではハンディは考慮されない」

「いや、けど、ここは戦場じゃないし」

「ぐだぐだうるさい。始めるぞ」

フィネスはキッと彼を睨み付けると、再び防具を着けた。

ルドルフはやれやれと肩を竦めて、準備をする。自分が誘ったとはいえ、体格差のあるフィネス相手にハンディなしというのはやりにくいにもほどがある。

しかし、いざ対戦が始まるとそんな考えは霧散した。

フィネスは、体格差を逆手にとると目にも留まらぬ速さでルドルフの懐に入った。咄嗟に防御態勢をとったルドルフの背中に剣をしならせる。

「な……！」

慌てて背を逸らして、ギリギリでかわす。

ルドルフも慌てたが、フィネスもかわされて思わず舌打ちする。

すぐにルドルフの刃が伸びて、今度はフィネスが華麗に飛びのいた。

ひゅんひゅんと、互いの剣がしなり合う。

「…速いな」

「そっちも」

フィネスは返すと、再び攻撃に出た。

軽いステップでそれを避けて、フィネスの隙を窺う。

ほぼ互角だった。

速い攻撃の繰り返しに、臣下たちからは溜め息が漏れ、セオドアは目を見開いたままだ。

最後に決めたのはルドルフだった。

フィネスの得意のスピード攻撃を封じて、僅かな隙に打ち込んだ。

「そこまで！」

ジャッジ役が止める。

フィネスが大きく息をついた。次の瞬間、見守っていた者たちから拍手が鳴る。

セオドアも興奮したように一生懸命手を叩いている。

「お二人とも、凄かったですねぇ」

マリアンヌに話しかけられて、セオドアは何度も頷く。

「…完敗だ。もっと鍛錬しなければ」

フィネスは防具を取ると、肩で息をしながら悔しそうに負けを認めた。

「いや、こっちも必死だった」

そうは云っても、ルドルフの呼吸は既に落ち着いている。

「セオドアの目の前で無様に負けるわけにはいかないからな」

微笑すると、セオドアのところに向かう。そして自分を羨望の目で見上げる息子を、再び抱き上げた。

「どうだ?」

「か、カッコよかったです。…フィンも…」

「そうか」

「…僕も、もっと上手になりたいです」

「私もおまえと同じくらいの歳から習い始めた。積み重ねることに意味がある」

「が、頑張ります」

ルドルフはそんな我が子の髪を乱暴に撫でた。

フィネスはそんな二人に目を細める。いつのまにかすっかり親子らしくなっている。

「負けた私が云うのも何だが、やはり基礎が一番大事だ。基礎は退屈だが、基礎を怠ってその上に積み重ねてもすぐに崩れる」

「フィンの型はとても綺麗で…。父上は力強かったです」

「…よく見てるな」

フィネスが感心したように返す。

「セオドアは見る目がある」

ルドルフも頷きながら息子を褒める。すっかり親バカだが、カレンたちはそれを微笑ましく眺めていた。

「ぼ、僕は二人ともを手本にします」

頬を赤らめて宣言するセオドアに、フィネスは胸がいっぱいになった。

「いい子だな」

ルドルフは目尻を下げた。

「しかし、あんまり頑張りすぎてもいけない。成長前の関節を痛めることもあるからな。師範の云うことをよく聞いて……」

「そういえば、私も小さいころに兄上に勝ちたくて、父上の目を盗んでよけいに練習をしたせいで肘を痛めたことがある。結局それで暫く練習できなくなって、本末転倒だな」

「…フィネスは小さいころから負けず嫌いなんだな」

優しい視線で見下ろすルドルフを、フィネスは不満そうに見上げる。

「当然だ。そうだ、もう一戦やってみるのはどうだ」

「いやいや、それよりカーチスたちとやるといい。彼らはプロだ」

ルドルフが剣の相手をさせるのは、ふだん彼を護衛している臣下たちだ。武術のスペシャリストで日ごろから鍛錬しているので、当然ルドルフより上手だ。

「それもそうだな」

フィネスは納得すると、もう一度セオドアにキスをして彼らから離れる。

「あんなにフィネスが剣を好きだとは知らなかったな。文武両道だな」

ルドルフは、セオドアをカレンに引き渡す。

「フィネスと私がいれば、誰もセオドアに手出しはできない」

ふっと微笑む。そんな父の目に、セオドアは少し頬を上気させた。

「…はい」

しっかりと父を見上げて、小さく頷いた。それを見たルドルフの目が更に優しくなる。

カレンとマリアンヌは、雇い主が我が子に向ける慈愛に満ちた眼差しに吸い込まれそうになる。彼が息子のことを気にかけていることは理解していたが、それはどこか責任感からで、役目としての感情に近かったように受け止めていた。

しかし、フィネスが彼とセオドアとの距離を引き寄せたことで、真に父親としての感情を持つようになったように思えるのだ。そしてそれは必ず、セオドアによい影響を与えるだろう。

これまでセオドアの一番近くで見守ってきた二人は、強くそれを願っていたし、彼女たちの思いは当然フィネスにも伝わっていた。


「思いの外楽しかったな。いい汗がかけた」

二人の寝室で広いベッドに腰をかけると、フィネスは大きく伸びをした。

「いやそれにしても、フィネスがあれほど強いとは思わなかった」

「…カーチスからルドルフの弱点を教えてもらった。次は負けない」

「カーチスのやつ…」

苦笑しながらも、ルドルフは楽しそうだ。

そしてフィネスをベッドに押し倒すと、彼の唇を塞いだ。

「もうひと汗かくとするか」

囁いて、フィネスのシャツのボタンを外す。

「…今日は、疲れたから……」

嫌なわけではないのだが、すぐに応じることができないでいる。

フィネスにはセックスにいたるまでの言い訳が必要なのだと既に察しているルドルフは、笑って彼の指に自分の指をからめた。

「私に任せておけばいい」

両手の自由を奪うと、フィネスを組み敷いて口づけを繰り返す。

ルドルフの巧みなキスは、容易《たやす》くフィネスの熱を引き出す。

ルドルフの舌がフィネスのそれを捉えて、情熱的にからみつかせる。

「は…ぁ…っ…！」

フィネスの白い肌が薄ピンクに染まる。

「…なんとも艶めかしい」

一旦フィネスから離れると、自分の上衣を脱ぎ捨てた。

フィネスは、逞しいルドルフの裸体に思わず目を逸らしてしまう。

フィネス自身鍛えているつもりだったが、同性でありながらルドルフの男性的な肉体はまるで違う。

「フィン……」

呼ばれて、少し眉を寄せながらルドルフを見上げた。

「…ラウル……」

目を細めて、掠れた声で彼を呼ぶ。

それに煽られたように、ルドルフは彼の衣を剥《は》ぎ取る。

「もっとよく見せてくれ」

恥ずかしがって脚を閉じようとするフィネスの足首を掴むと、大きく広げさせた。

「な……」

「まだキスしかしてないのに、ここはこんなに硬くなっているな」

ペニスの先を親指で撫でる。

「や……」

ルドルフの熱い視線に耐えかねて、フィネスは顔を逸らしてしまう。

「…奥もひくついてる」

膝を折って、そこを晒す。そして熱い孔に指を入れた。

「あ…っ…」

不覚にも、ルドルフの節ばった長い指を締め付けてしまう。

ルドルフの表情が満足げに歪む。

「フィンは呑み込みが早い。ここも…、すっかり快楽を憶えてしまったな」

言葉で煽ると、中をぐちゅぐちゅと弄ってやる。

「…あ、ああっ…」

ルドルフの言葉どおり、フィネスの身体は彼によって変えられ始めていた。ルドルフのものを受け入れることに抵抗がないとは云わないものの、それを上回る快感がある。どう自分の気持ちをごまかそうとも、身体はルドルフを欲していた。

ルドルフは充分に慣らすと、フィネスのそこに硬く反りかえった己を押し付ける。

「欲しがって、広がってる…」

くちゅくちゅと、入り口をペニスで突く。

「ラ、ラウル……」

なかなか与えられないことに焦れて、フィネスは大きく息を吐いて、更にそこを緩めた。

「…いやらしい奴だな」

微笑を浮かべて蔑むように囁くと、フィネスの腰がびくりと震える。喉が上下して、唾を呑み込んだ。

「欲しいのか？」

今日のルドルフはいつもとは違ってSっ気を隠さない。

フィネスはそんな彼に対して、戸惑いと、そして身体の奥まで疼《うず》くような何かを感じた。

「…や……」

「何が嫌だ？」

「ラウ、ル…」

「俺のこれが欲しいんだろう？　後ろがはしたなく広がってるぞ？」

その言葉に、フィネスは全身が震えた。

これまでそんな扱いを受けたことはない。しかしそれに反発するよりも、蔑まれ支配されることに溺れかけていた。

「…欲しい……」

唇を噛んで屈辱に耐えると、それでもどうしようもなくとうとう懇願した。

ルドルフの唇が引き上がる。

「では、誘ってみろ」

支配者の顔で、フィネスに命じる。

フィネスは泣きそうな顔になったが、僅かに脚を開いた。

「…はや、く……」

恥ずかしさに、フィネスの全身が紅く染まる。

ルドルフはもっと煽りたかったが、やりすぎては台無しになると考えて、薄く笑うと一気に彼を突き上げた。

「あ、あぁぁっ……！」

濡れた声が、広い寝室に響き渡る。

フィネスは大きなルドルフのものを、きつく締め付けた。

「…可愛いな」

少し息を荒らげて、ペニスをフィネスの内壁に擦り付けてやる。

「ああ、いい……」

うねるようなフィネスの中を充分に堪能して、より深いところを突いてやった。

自分の下で、淫靡な姿を晒すフィネスを充分に堪能する。

腰を打ち付けるたびに、フィネスの顔が快感に歪み、それは素晴らしく艶めかしい。

翻弄されて、既に何をされているのかわかっていないのか、口を半開きにしてひたすら快感を貪る姿も、これ以上なくエロくてルドルフもまた彼に翻弄される。

フィネスのすらりと伸びた脚を肩に担ぐと、そこが露わになって、自分のものが出入りするさまが丸見えになった。その淫靡さに、ルドルフはぞくぞくしてくる。

「…おまえに喰われてるようだ」

「な、に……」

フィネスは弱々しく首を振るのが精一杯だ。

「ほんとに、いやらしい…」

溜め息まじりに呟くと、熱に浮かされたフィネスの唇に口づけた。舌を捕えてからみつかせると、フィネスもおずおずとそれに応える。

「はあ……ぁ…っ…」

フィネスの腰が艶めかしくくねって、ルドルフのものを誘うようにきつく緩く締め付ける。ルドルフから余裕が消えて、欲望のままに抉るように腰を使った。

ねっとりと内壁がペニスにからみつく。キスを続けながら、フィネスの髪に指を差し入れて更に強く引き寄せる。

「フィ…ン……」

ルドルフは低い声で名前を呼ぶと、襲ってくる射精感に片目を閉じた。

「中に、出すぞ…」

掠れた声で云うと、奥深くに放った。

半ば放心状態だったフィネスも、殆ど同時に射精した。

ルドルフはずるりと自分のものを引き抜くと、大きく息を吐いた。

「…勇ましい剣士が、こんなに艶っぽいとはな」

揶揄うように云って、再びフィネスに口づける。

フィネスはまだ目が虚ろで、息も荒い。ルドルフはそんな彼の姿にSっけが刺激された。

「…中、綺麗にしないと」

意地悪く囁くと、再びフィネスのそこに指入れようとする。

「な、にを……」

慌てるフィネスに、ルドルフは少しいやらしい笑みを浮かべた。

「私のものが、奥に残ってるだろ？」

フィネスの頬に、かっと赤身さす。

「や、やめ…」

「自分でやるか？」

フィネスはふるふると首を振った。

「ほ、放っておいて……」

「そうはいかない」

ルドルフはフィネスの膝を割ると、強引に指を埋めた。

「や、やめ……」

くちゅくちゅと指を蠢かすと、どろりと白濁したものが漏れた。

フィネスは恥ずかしくて死にそうだった。それなのに、そのことがまた彼に火をつけてしまったのだ。

「ら、ラウルのばか……！」

顔を腕で覆って、なじる。

ニヤニヤしながら、フィネスの腕を剥がして嫌がる彼に口づけた。

「私のせいか？」

「仕方ないな。それなら責任をとらないとな」

フィネスの唇を吸うと、再びお互いの熱を貪った。


朝から、セオドアはちょっと緊張していた。

フィネスの義姉が、娘たちを連れて遊びにくることになっていたからだ。

朝食の席でも、その話ばかりだった。

この屋敷に来てから、セオドアが歳の近い子に会うことは滅多にない。どう接したらいいのかわからなくて、不安だった。

いつもより上等の服に着替えさせられて、部屋で待っていると、フィネスが呼びに来た。

「これは、小さい王子様だな。よく似合ってる」

屈んで、リボンをきゅっと結んでやる。

「もうすぐ着くようだ。迎えに出ようか」

セオドアはフィネスと手を繋いで、階段を下りる。

扉が開くなり、フィネスの姿に気づいたドレス姿の女の子たちが飛び込んできた。

「フィン！」

「フィン！」

フィネスはセオドアの手を離すと、慌てて二人を抱き留めた。

「リーザ、カロリーナ、元気にしてたか？」

「フィンったら、ちっとも遊びに来てくれないんだから」

「乗馬を教えてくれるって約束したのに！」

姪たちは、大好きな叔父に久しぶりに会えて興奮ぎみだ。セオドアはすぐ傍ですっかり固まっていた。

それを階段の踊り場で見ていたルドルフが、微笑みながら下りてきた。

「大人気だな」

そう云うと、呆れ顔で玄関で佇むフィネスの義姉の元に進んだ。

「遠いところをようこそ」

手をとって、甲にそっとキスをする。

「ファーガス侯、今日はお招きありがとうございます」

「ルドルフと。親戚になるのですから」

「そうですわね。では私のこともマギーで」

ルドルフは微笑を浮かべたまま頷く。

「貴方たち、ご挨拶は？」

母の凛《りん》とした声に、フィネスに抱き着いていた娘たちは慌てて彼から離れて、ドレスの裾を持ち上げて脚を交差させると、軽く膝を折った。

「初めてお目にかかります、リーザ・カーライルです」

「カロリーナ・カーライルです」

ルドルフに向かって丁寧にお辞儀をした。

「やあ、可愛いお嬢さんたちだ。こちらこそよろしくね」

ルドルフは彼女たちの傍によると、身を屈めて一人ずつ手の甲にキスをする。

そしてセオドアを振り返ると、軽く頷いてみせる。

セオドアはきょとんとしていたが、はっと我に返ると、すぐに教わったとおりに胸に手を当てて、マギーに向かって凛々《りり》しく一礼した。

「セオドア・ファーガスです。お会いできて光栄です」

「まあ、可愛くて凛々しくていらっしゃるのね。こちらこそよろしく」

マギーが目尻を下げる。

「セオドア、よくできたね。では彼女たちにも」

フィネスに促されて、少女たちにも同じように挨拶をする。

彼女たちはコソコソと耳打ちをして、もう一度華麗にお辞儀をしてみせた。

「はじめまして。リーザって呼んでね」

「私はカロリーナ。セオドアって呼んでいい?」

セオドアは黙って頷くのが精一杯だった。

「ピーターが昨日から熱を出してしまって。大したことはないようだけど、念のため留守番させたの」

ピーターは、三歳になったばかりの長男だ。

「そうか。それはお大事に」

「お兄ちゃまができるのを楽しみにしていたみたいなので、本人も残念がっていたわ」

セオドアを見て、マギーは目を細める。フィネスも、セオドアが小さい従弟と一緒に遊ぶ姿を想像して目を細めた。

「お嬢さんたち、セオドアと遊んでやってくれるか？　私たちは母上と少しお話がある」

フィネスの言葉に、セオドアはぴくっと全身を強張らせる。

「いいわよ。セオドアは何が得意？」

「お人形を持ってきたの。見せてあげるわ」

フィネスはカレンとマリアンヌにあとを任せて、義姉を応接室に案内した。

彼女はタミー王女の贈り物候補をいくつか持参していて、使用人たちがそれをテーブルに並べていく。

「…人形？」

「ええ。リーザたちもそうだけど、今あの年齢の子はお人形に夢中よ。ただ、高級なものだと制作には何か月もかかるし、人気の人形師は予約でいっぱいだから、今からだととうてい間に合わないわ。だから今回は人形の衣装がいいんじゃないかと思うの。それも王女様にもお揃いのものを作って差し上げるとか、そんな感じにして…」

フィネスはその提案に懐疑的だった。

「…人形の衣装？　王女のプレゼントにそれはさすがに…」

「それがバカにしたもんじゃないのよ。デザインもオリジナルで、布も高級で小さい宝石を縫い込んだりした、すごく高価なものよ。専門のデザイナーだっているんですから。うちはそんな高いのは買えないから、侍女に縫わせてるけど」

「人形のドレスごときに？」

フィネスは呆れて肩を竦める。が、ルドルフの反応は違っていた。

「これは貴重なアドバイスだ。早速専門のデザイナーに連絡をとってもらいたい」

自分たちでは考えつかなかった提案に、ルドルフは素直に感謝を示す。

「ええ。帰ったらすぐに手配させるわ」

「ありがたい。そうだ、他にもファーガスとカーライルの特産物を持参するのはどうだろう。カーライルからは香水なんかいいんじゃないか」

「それは素敵ね。職人も喜ぶわ」

ルドルフの言葉に、マギーが同意する。それを聞いていたフィネスが、ふと口を挟む。

「それなら…、ファーガスは手漉《す》きの紙というのはどうだろう。先の嵐の被害地区の調査で、手漉きの紙を作っている地区を訪れた。農閑期を利用して、貴族が手紙などに使う上質の紙を作っている。被害は大きかったが、工房はかろうじて残ったので生産はできるはずだ。今からでも何とか間に合うだろう。便箋や日記に使ってもらえるようなデザインを考えて…。王女への贈り物を作ることで彼らの復興の意欲が高まるかもしれない」

「それいいな。似たデザインの便箋を村の特産として売り出せると尚いいな。王宮に許可をもらえるよう働きかけてみよう」

「それなら、カーライルの香水も便乗したいところだわ」

マギーも抜け目なく口を挟む。

「そうだな。王宮はこういうことには寛大だ。もちろん相応の見返りを期待してのことだろうが。問題はその条件になるな。こちらもそれなりの試算を出しておかないと」

そう云ってフィネスの顔を見る。細かい数字は彼の管轄だと云わんばかりだが、フィネスはそんなふうに任せてもらえることを歓迎していた。

「早急に準備しておこう」

マギーはそんな二人を見て目を細めた。

「…ルドルフとはうまくいっているみたいね」

小声でフィネスに囁く。フィネスはそれに苦笑を浮かべただけだった。

さっぱりしていて頭の回転も速いこの義姉を好きではあるのだが、人の色恋話をやたら聞きたがるところはちょっと苦手だった。

「では、時間もあまりないということで、各方面に早めに手配をしないと」

「このあとアルヌーと会うから彼に頼んでおこう。きみはマギーとゆっくり過ごすといい」

ルドルフは元々の予定どおりに、仕事に戻った。

「噂以上に素敵な人ね」

マギーは意味ありげな目でフィネスを見る。フィネスは苦笑を浮かべただけだった。

「それより、兄上はどうしています？」

「貴方が話をつけてくれた技術者の研修のこと、すごく喜んでいたわ」

兄は弟の婚姻によるファーガスのカーライルへの恩恵を、父以上に感謝しているようだ。

「兄上も選《え》り抜きの人材を送ってくれたみたいで、現場でも評判がいいようだ」

「カーライルの念願だものね。高い技術の治水工事ができれば、災害も減るし。天候のことをいつまでも神頼みにしているわけにはいかないわ」

マギーは夫の仕事を手伝うこともあって、領地の事情には詳しかった。

「今ファーガスが行っている調査で、ルアール川の川筋がはっきりすれば、このところ頻発しているタイドー地区の洪水の対策ができるかもしれない」

「そんなことまで？」

「ある程度の予測はできているから、これではっきりするというところかな。一度兄上とも話をしないとな」

「いつでも訪ねてちょうだい。リーザたちも喜ぶし」

「そうだな。今度はセオドアを連れて行きたい」

「ええ。ピーターが心待ちにしてるわ」

二人は話しながら、セオドアたちの元に戻る。

「仲良く遊んでいるといいのだが…」

フィネスは予め《あらかじ》、セオドアを愛称で呼ばないことと、彼がファーガス邸に引き取られた簡単な経緯は伝えてあった。

フィネスが部屋のドアを開けると、セオドアはリーザたちから妙なダンスを習っているところだった。

「次のステップはこうよ？　カロリーナやってみせて」

リーザの歌に合わせてカロリーナがステップを踏む。セオドアは特に楽しそうというわけではないようだが、それでも困った様子でもなく、云われるままにステップを真似る。

「あら、筋がいい」

マギーが少年を見てくすっと笑う。

「賑《にぎ》やかでしょう。このところ、お人形遊びかダンスか、どっちかね」

入ってきたフィネスたちに気づいたリーザが歌を止めた。

「お母様！　セオドアったら凄いのよ。すぐに憶えてしまうの」

フィネスはリーザの歌に覚えがあった。

「この歌は母上がお好きな…」

「そうなの。おばあさまに教えていただいて、すっかり気に入ったみたいで。二人で考えて振りをつけたって」

「へえ、それは凄い。二人とも才能豊かだねえ」

フィネスに褒められて、娘たちは満更でもない様子だ。

「それじゃあ、頭から通してやりましょう。いい？」

すっかりダンス教師気取りのリーザが、二人に合図をする。

リーザとカロリーナは二人で歌いながら、楽しそうに踊った。その横でセオドアは特に表情を変えることなく、それでも教えられたように踊ってみせる。

「ブラボー！　すごいよかったよ！」

フィネスはダンスが終わると盛大に拍手をした。まさかセオドアのダンスが見られるとは思ってもみなかったのだ。

「今度はセオドアが真ん中のポジションでやってみたいわ。その方がきっとバランスがいいと思うの！」

大好きなフィンに褒められてすっかり興奮ぎみのリーザは、更にセオドアに要求する。

フィネスもセオドアが思いの外ちゃんと踊れていたので、ついアドバイスをしてしまう。

「セオドア、この回転したあとのポーズ、もっと背を反らした方がいいよ」

「ああ、そうなの！　フィンやってみせて！」

姪のリクエストに、フィネスは苦笑しつつもくるりと二回転すると、綺麗なポーズを作って見せた。それを見たセオドアの表情のない顔が少し変わる。

「フィン、素敵！　こういうのよ、セオドアもやってみて！」

云われるままに、二回転しようとするが途中ぐらついた。それでも立て直して、フィネスを真似て背中と顎を反らしたポーズをとる。

「それそれ！　セオドア、カッコイイ！」

カロリーナが声援を送る。

「セオドア、回転は勢いじゃなくて軸足をしっかりね」

セオドアは頷いて、自発的にやってみる。フィネスもそれにアドバイスをして、何度目かに綺麗に二回転できた。

少し息を切らしたセオドアを、フィネスは抱きしめた。

「上手にできた。お父様にも見てもらいたいな」

セオドアは頬を紅潮させて、小さく頷く。

「セオドア、その感じを忘れないで。それじゃあ、もう一度通しでやるわよ」

再びダンス教師に戻ったリーザが二人に指示をする。

セオドアの凛々しく可愛いダンスは、フィネスをこれ以上ないほど幸せにさせてくれた。

「子ども同士は凄いな」

カレンの説明によれば、最初は人形遊びをしていたようだ。しかしセオドアがどうすればいいかわからないようだったので、リーザが歌を教えることにして、それに合わせてカロリーナがダンスを踊り始めて、歌よりダンスの方がいいという流れのようだ。

「なんだか、セオドアが二人に振り回されてるみたいで、申し訳ないわ」

マギーが溜め息をつく。が、フィネスはそれに首を振る。

「たとえそうでも、いろんなことを経験するのは大事なことだ。親はどうしても杓子定規にならざるを得ないから。特にセオドアのように自己主張をしない子だと、こっちがあれこれ考えてやらないといけないし、でもそれが押し付けになりやしないかと毎日悩んでる」

「そのうち、セオドアもきっとやりたいことが見つかって、貴方たちが止めてもやろうとするわ。それがとても危険なことだったりもするし。親の悩みなんて尽きないのよ。それも楽しむことね」

マギーは明るく云って笑う。

「それに、セオドアは充分に魅力的よ。リーザたちはすっかり気に入ったみたいね。あの子たちけっこう趣味がうるさいから、これは有望よ」

「そう？」

軽く返してみたが、フィネスは満更でもなかった。セオドアを褒められることがこんなにも嬉しいとは、すっかり親ばかだと内心苦笑する。


マギー親子が帰宅して、セオドアもとっくに眠りに就いたころ。

フィネスとルドルフは、部屋着に着替えてソファで寛いでいた。

「リーザたちには何かお礼を贈りたいな。あんな素晴らしい贈り物をもらったのだから」

ディナーに何とか間に合ったルドルフのために、リーザたちのチャーミングなダンスが再び披露されたのだった。

ルドルフも、セオドアたちのダンスにフィネス同様に感じ入ったようだった。何よりセオドアが生き生きして見えた。表情にはまだうまく表せないものの、彼も楽しんでいることが伝わってきた。

「お礼は…。マギーと相談した方がいいだろう。あまり贅沢なものだと彼女の教育方針との兼ね合いもあるだろうし。リーザたちのわがままにはマギーも手を焼いているみたいだ」

「そうなのか。セオドアも少しはわがままを云うようになればいいのだが…」

ルドルフは溜め息をつくと、ワインを飲み干した。

「…そうなったら、ルドルフは際限なくわがままを聞きそうだ」

「それは否定しない」

フィネスはそれに大袈裟に眉を寄せてみせる。

「それで、私がそれを止める役になって、セオドアから嫌われる。ずるいな」

「どんなに厳しくなっても、セオドアがおまえを嫌うことはないだろう。少しは私にも得点をくれてもいいだろう」

「ダメな父親まるだしだな」

呆れたように返すフィネスを抱き寄せると、口づけた。

「…いつか、セオドアを甘やかすのもいいかげんにしてください！　とかって、フィンから怒られる日がくるのかな。それはそれで楽しみだ」

くすくす笑いながら、フィネスの髪を撫でる。

平凡で幸せな未来を語るルドルフは、その強いオーラは存在を潜めていて、ただの優しい夫に見せている。

優しくキスをしながらフィネスの手からグラスを取り上げると、テーブルに置いた。

「これまでは仕事以外のことに時間を割くのは好まなかったが、貴方やセオドアと過ごす時間があることで、逆に仕事への意欲が増すようになった」

「…それは私も同じだ」

フィネスは素直にそう思った。

ルドルフはふっと笑うと、再びフィネスにキスをする。

慈しむように、ゆっくりとフィネスの唇を味わう。

しだいにフィネスの唇から熱い息が漏れ始め、目も潤んできた。

そんなフィネスのシャツの前をはだけさせて、乳首を舐めてやる。

「ん……」

自分の身体が、隅々まで暴かれていく。それは怖れと同時にどこかで期待もあった。自分でも知らない、自分の快感のポイントを探られて、それはたまらなく恥ずかしいのだが、それでも拒めないいくらいに気持ちいい。

「…おいで……」

手をとって導かれる。

フィネスは、ルドルフの膝の上に後ろ向きに座らされて、彼の逞しいものを自分の中に埋めるように誘導される。

「自分で入れてみて？」

フィネスの耳に舌を差し入れて、低く囁く。

フィネスは、恥ずかしくてどうにかなりそうだったが、それでも彼に顔を見られないことだけは幸いだった。躊躇《ちゅうちょ》しつつも、云われるままに体重をかけてそれを呑み込んだ。

「あ、あっ……！」

フィネスは背をのけ反らせた。自分で腰を使って彼のものを自分の内壁に擦り付ける。

「あ、い、いいっ…」

フィネスは夢中になっていた。そんな彼の肩にルドルフは歯を立てる。

「やっ……」

歯形を残されたことに少しだけ抵抗したが、そんなことよりも自分の中を犯すものの熱さに焼かれそうだった。

「もっと、深いの？」

「え……」

「深いとこに、欲しい？」

答えを聞く前に、フィネスの内膝に腕を差し入れてそこを大きく開けさせた。

「あ、ああっ…！」

恥ずかしい恰好《かっこう》をさせられて、深いところまでずぶりと突き刺さる。

「あ、だ、め……」

うわ言のように云って首を振った。

後ろから手を回されて、ルドルフの長い指がフィネスの乳首を愛撫し始める。

先端を指の腹で捏ねられて屹立した乳首を、指で摘まんでくりくりと刺激されて、フィネスは堪え切れずに声を上げてしまう。

「ん、ん、っ…」

乳首を弄りながら、ルドルフは角度を微妙に変えて、フィネスの奥深く突いてくれる。

そして弱いところを探し当てられた瞬間、フィネスの全身が大きくのけ反った。

「ああっ…！」

電気が走ったような強い痺れに、喘ぎが抑えられない。

「あ、そ、こ…。そこ……」

恥ずかしいことも忘れて、ねだってしまう。

「…ここがいいのか？」

うなじをべろりと舐めると、耳元に囁く。

フィネスは必死になって頷いた。

ルドルフはふっと笑うと、そこを執拗に攻めた。

「も、もっとぉ……」

気持ちよすぎて、もっとほしくて、抑えられない。

「ここか？」

「う…ん」

ルドルフの突き上げに合わせて、フィネスも自分から腰を回してしまう。

「い、……いぃ……」

無意識にルドルフのペニスを締め付けている。

「フィン…」

ルドルフも片目を閉じて快感をやり過ごしている。

そして、べろりと自分の唇を舐めると、もう一度フィネスの肩を齧《かじ》った。

二人で、快感の波に翻弄されていた。

ルドルフの腕に抱かれて眠りに就いた翌日のこと。

「旦那様、お休みのところ申し訳ありません。セオドア様が…」

ボルドーが遠慮がちに声をかけて、二人は飛び起きた。

「どうした？」

「高い熱を出されていてお苦しそうです」

「医者を…！」

「お呼びしています。もうじきお見えになると」

フィネスはガウンを着ると、部屋に駆けつけた。

セオドアは苦しそうに息をしていて、フィネスの不安は増大する。

フィネスが傍で手を握っていてやると、安心したのかセオドアは目を閉じて眠り込んだ。

間もなく到着した医師も、よく寝て栄養をとるようにと云うだけで、フィネスは少しも安心できない。

「もしかしたら、義姉たちの誰かから病気をうつされたのかも…。申し訳ない…」

フィネスはまるで自分の責任のように、ルドルフに詫びる。義姉の息子が発熱したのだから、もっと用心すべきだったのだ。

「おまえが謝ることじゃない。そもそもこんなことは誰のせいでもない」

「そうだけど…。でもちゃんと夜中に様子を見に行っていれば…」

「それなら私も同罪だ。フィネスが様子を見に行けなかった原因は私にあるのだから」

そんなことは今聞きたくなかった。自分がルドルフに抱かれているときに、セオドアは既に病に侵されていたかもしれないなんて。

「セオドアがどれほど心細い思いをしていたかと思うと…。もっと早く気づいていれば…」

フィネスはどうしても自分が許せなかった。

「そうやって自分を責めるのはよくない。それに子どもはよく熱を出すものだと医師も…」

「…でも高熱が原因で亡くなることもある。従兄弟は高熱が一週間続いて亡くなって…」

「フィン！　やめなさい」

ルドルフが厳しい口調で窘《たしな》めた。

「おまえらしくない。そういうマイナス思考はやめた方がいい。悪い例を数え上げても意味はない。確かに高熱で亡くなる子どももいるが、何事もなかったように元気になる子もたくさんいる」

「……」

「それとも、最悪の結果を予想しておけば、もしそうなったときにダメージが小さくなるとでも思ってるのか？」

フィネスは慌てて顔を上げる。

「そんなことは…！」

「だったら、今はよくなることだけを信じるべきだ。悪い考えはよくないことを呼び寄せる」

その言葉にフィネスははっとなった。

「セオドアは今病気と闘っているんだ。私たちはそれを見守ることしかできない。無力感に苛《さいな》まれているのはおまえだけじゃない」

ルドルフの口調が優しくなる。そしてセオドアの手を握るフィネスの手に、上からそっと自分の手を重ねた。

「信じて見守ることが、セオドアの力になる」

フィネスは縋るような目でルドルフを見上げると、弱々しく頷いた。

「ここで…、今日は仕事はここでしていいか？　ずっとついていたい」

「仕事は休めばいい。今はついていてやるだけで…」

「でも何かやっていたいんだ」

そのことはルドルフにも理解できた。

「そうだな。では目を通してほしい書類があるので、持ってこさせよう」

ようやっと冷静さが戻ってきて、フィネスはほっと溜め息をついた。

「…ラウル、冷静でいてくれてありがとう」

「いや。私が先に冷静さを失っていたら、きっときみの方が諭してくれただろう。同じ気持ちだからこそ、わかる」

ルドルフの思いやりがじんわりとフィネスを温かくさせる。

人は自分以外の人間と深く関わることで、弱くも強くもなる。ルドルフはそのことをちゃんと知っているのだ。

「私がいないあいだ、セオドアを頼む」

フィネスの髪にキスをすると、立ち上がった。

「ラウル…」

セオドアのベッドから離れるルドルフを呼び止めると、座ったまま彼の腰に手を回すと、甘えるように自分の頭を押し付けた。

「どうした？」

「気を付けて。いろいろ…」

ぎゅっとルドルフを抱きしめる。ついさっきまで、当たり前に思っていた健康に生きていることが、奇跡のように思える。

それを察してか、ルドルフは身を屈めてフィネスに口づけた。

「…できるだけ早く戻る」

名残惜しそうに部屋を出た。

ルドルフの背中を見送って、フィネスは改めて、ルドルフがセオドアが、自分にとって何ものにも代え難いほど大切な存在になっていることに気づいた。

どちらかでも永遠に失うようなことになったら、自分はどうなってしまうだろう。想像するだけでも恐ろしい。

小さい息子を亡くした伯母に同情はしているものの、彼女がどれほどの痛みを感じたかなど本当のところはまったくわかっていなかった。

そしてそのことが、どれくらい幸せなことなのか。フィネスは噛みしめていた。


「フィン……」

セオドアのうわ言に、フィネスは慌てて書類を置いて彼の手を握った。

「セオドア…。ここにいる」

顔を近づけて、声をかける。

それが聞こえたのか、セオドアは安心したように寝息を立てる。しかし暫くしてまたうわ言を呟き始めた。

「マム…、ダッド……」

フィネスははっとした。彼がルドルフや自分をそんなふうに呼んだことはない。おそらく養父母のことだろう。

「待って…。マム…」

フィネスの背中に、冷たい汗が流れる。まさか…。

「ダッド……」

「つ、連れて行かないで！」

フィネスは必死になって叫ぶと、セオドアの小さな手を握った。

「必ず幸せにします。彼を私たちに任せてください」

フィネスは祈るような気持ちだった。

「セオドア！」

セオドアのうわ言は収まったが、フィネスは不安が収まらない。

しっかりしろ。そんなことでどうする。こんな弱い自分に任せられるはずがない。

フィネスは大きく息を吐くと、ぐっと空を睨み付ける。

「セオドアは私たちのものです。誰にも渡さない」

そう呟くと、カレンを呼んで汗でぐっしょりのシーツやセオドアの寝巻を取り替えさせた。

熱を下げる効果があると云われている薬草を煎じて飲ませて、様子を見る。

その甲斐あってか、夕方には熱が下がり始めた。

「セオドア様、少し楽そうになってきましたね」

「よかった…」

フィネスは、ほっと息をつく。

暫くして目を覚ましたセオドアはまだ熱が下がりきっていないものの、それでもフィネスが枕元にいたことに驚いて、そして甘えてみせた。

「よくがんばったな？」

やや遠慮がちではあるが、フィネスに手を伸ばして触れようとする。その小さな手をフィネスは優しく握った。

「ずっと、ご一緒に？」

「ああ。高い熱が出ていたが、もう大丈夫だ」

安堵した顔でセオドアの髪を撫でる。セオドアも気持ちよさそうに身を委ねた。

「少し食べた方がいいな。…スープでも…」

「今お持ちします」

急いで厨房《ちゅうぼう》に向かおうとしたマリアンヌが、慌てて戻ってきた。

「旦那様がお戻りになられました」

「随分早いな」

すぐに靴音がして、ルドルフが部屋に入ってきた。

「セオドア、様子はどうだ？」

「少し前にようやく熱は下がった」

「そうか！　よかった。ちゃんと顔を見せてくれ」

愛しそうに目を細めて抱き上げる。

「ラウル、もう少しそっと。まだ熱が下がっただけだから…」

「おっと、これは悪かった。安心したから、ついな」

そう云って微笑む父の目には安堵が広がっていて、セオドアは戸惑う。いつもの領主の威厳などなく、我が子を心配する父の顔だったのだ。

ルドルフと過ごす時間が増えたことで、セオドアも以前のように過度に緊張することはなくなりつつあったが、それでもフィネスのように身近に感じることはなかった。

この屋敷に出入りする人間すべてが特別視して従う、そんな存在である父が、自分のことを心配するなんて考えもしなかったのだ。

「ラウル、セオドアにキスしてやってくれ。ずっとがんばっていたんだ」

フィネスの言葉に、ルドルフは目尻を下げて息子を見た。

「…よく耐えたな。えらいぞ」

セオドアの頬にキスをする。それに戸惑うセオドアを再びベッドに横たえた。

「フィンも。看病、ありがとう」

言い残すと、階段を駆け下りて再び屋敷をあとにした。

それにはさすがに使用人たちも驚いている。

「…どうやら視察の途中だったようだ」

ルドルフが馬を駆けさせるのを窓ごしに見て、フィネスは苦笑する。

「よほどセオドアのことが心配だったんだな」

状況が呑み込めないセオドアは、戸惑うようにフィネスを見る。

「しん、ぱい？」

「ああ。親なら誰でもそうだが…」

フィネスのそんな呟きは、セオドアの心にしまい込んだ何かに触れた。

なんだろう？　大事なことのようで、でも思い出したくないような…。でもいつかは思い出した方がいいような気がするのだ。

熱が下がると、セオドアはすっかり元気になった。

発熱の原因は結局わからずじまいだった。マギーとその娘たちや、同行した彼女たちの使用人たちには何も変わったことはなかったらしく、幼児にありがちな急な発熱だったというしかなさそうだ。

フィネスは、彼が大人になるまではこういう日々がまたあることを覚悟しつつも、戻ってきた平和な日々に感謝した。


タミー王女の誕生祝いの準備もすっかり整って、出発を翌日に控えた日の夜。

ルアール川の調査の詳細を改めて読んだフィネスは、溜め息と共に少し厳しい声で云った。

「やっぱり私の予想どおりだった」

調査が進むにつれて、この五年ほどでカーライルの洪水被害が大きくなった原因が明らかになったのだ。

「スローン侯の別荘建設の影響だろう。それがはっきりしたな」

そもそもスローン侯がここに別荘を建てるまでは広大な針葉樹の森で、大雨でも森がそれを吸収していて、洪水被害は少なかった。それが別荘と広大な庭を造るために多くの木を伐採してしまったのだ。しかもルアール川の支流がこの森に入り込んでいるはずが、入り口を固めてしまって流れ込めなくした。その分も川の勢いが強くなり、その下流でルアール川と合流するサント川が勢いに阻まれ溢れることになった。

「サント川の氾濫による洪水被害は、自然のせいではなく人災のようなものだ」

スローン侯の別荘が建てられたあたりは高低差があって、周囲に溢れ出るよりも下流に流れる勢いの方が強い。つまり別荘や庭にはまったく被害はないのだ。

「こんなこと、許されることではない」

「それはそうだが、自分の領地内に別荘を建てたり伐採することは認められている。責任を追及するのは難しいだろう」

ルドルフは充分同情していたが、それでも現実的な意見を述べる。それに、フィネスはにやりと笑ってみせた。

「それはわかっている。…だから、ここに大規模な堰《せき》を造ろうと思う」

フィネスが示した場所は、スローン侯の領地の少し下流で、サント川が合流するよりも何キロも前の地点だ。沿岸はどちらも本来深い森にあたる場所なので人は住んでいない。

それを見て、ルドルフは思わず苦笑した。

「…きみはなかなかの策士だな」

「お褒めにあずかって光栄だ」

しれっと返す。

「ここに堰を造ったことで周辺に水が溢れ出たとしても、特に問題はないだろう。スローン侯の別荘は高台にあるから問題なしとされる。自慢の庭がどうなろうと、そんなことは私の知ったことではない」

冷たく云い放つ。それはルドルフにも気持ちのいい言葉だった。

そもそも深い森の木を伐採して、年に数回楽しむだけのための別荘を造るなど、発想が下品で教養の欠片《かけら》もないとルドルフは考えていた。そんなふうに自分の力を誇示するような人間には嫌悪しか感じない。

「問題は費用だな」

「王宮に申請する。河川の管理は王宮の仕事だ」

「確かにそうだが、申請が下りるまで時間がかかるぞ。その間にスローン侯寄りの役人が横槍を入れてくることも考えられる」

「だったらどうすれば…」

ルドルフはそんなフィネスを見てニヤニヤしている。

「きみの夫は金持ちじゃなかったのか？」

「ラウル…」

「甘えたらいいんじゃないか。ファーガスからカーライルへの融資という形にしておけばいい。工事を始めてからでも王宮には補助金を申請できるし、私としては洪水のたびにスローン侯ご自慢の庭が泥にまみれる話を聞くだけで気持ちがいい」

このところのスローンの露骨な牽制に、ルドルフもかなり苛ついていたのだ。

「…聞いた話だが、スローン侯は自慢のあの別荘に王妃の従兄弟だかを招待して、王室に近づく機会を狙っているらしい。そのためにあちこちに金を配って取り次いでもらおうとしているとか何とか…」

「いかにもありそうな話だ」

ルドルフの話に、フィネスは露骨に眉を寄せる。

「足を引っ張られないうちに、早く工事を始めたいところだな」

ルドルフはフィネスの手をとると、その甲に口づけた。

「甘えると云ってくれ。幸い、ファーガスにはそのくらいの財力はある」

「しかし、これはファーガスにとって旨《うま》みのある出資では…」

「きみは私の妻になるのだろう？　私にとってカーライルは家族も同然だ」

ルドルフの目はどこまでも優しい。

「ラウル…。甘えていいのか？」

ルドルフの目が細められて、フィネスを引き寄せる。

「もちろんだ。お礼はこれからいただこう」

含み笑いを漏らすと、フィネスの手をとってベッドに導く。

深く口づけて、何度も舌をからめあう。ルドルフのキスは巧みで、フィネスは身体の中心が熱くなってくるのを感じていた。

ルドルフはベッドの端に腰掛けると、フィネスの顔を見ながら下衣を下ろす。

「ラウル…」

「やり方はわかるだろう？　いつも私がきみにしてるようにしてくれたらいい」

ルドルフは強制はしなかった。ただ導くだけだ。

「きみも、しゃぶってもらうのは大好きだな。私もきみにしてもらいたい」

「……」

「上手にできたら、あとでうんと可愛がってあげよう」

脚を開いて、誘導する。

フィネスはごくりと唾を呑み込むと、そこに跪《ひざまず》いた。

「いい子だ…」

支配するような目で、優しく髪を撫でた。

「脱がしてくれるか？」

ルドルフは自分の言葉に煽られたのか、そこは少し形を変えていた。

フィネスは、云われるままに下着ごとずり下ろして、ルドルフの股間を露わにした。

フィネスの吐息がかかって、ルドルフのペニスがぴくりと反応する。

「…焦らすのか？」

フィネスはおずおずとその先端を舌で突つく。そしてゆるゆると舌を這わせていった。

それはどうにももどかしくて、ルドルフは熱い息を吐いた。

「唇で…。締め付けてくれ」

フィネスは彼のペニスを頬張る。それは大きくて、喉を突いた。

喉で締め付けるのはさすがに難しくて、それでもフィネスなりに必死で愛撫する。

「…可愛いな」

自分のものにしゃぶりつく美しい妻を目を細めながら鑑賞する。

「ちょっ…と、…我慢できない」

掠れた声で云うと、フィネスの頭を掴んで固定して、できるだけゆっくりと自分のものを突き入れた。

「ぐっ……」

フィネスはいきなり喉を突かれて噎《む》せそうになるのを必死で耐える。

「あ、……くっ…」

ルドルフは片目を瞑って腰を引くと、フィネスから自分のものを引き抜いて射精した。

「フィン…」

潤んだ目で自分を見ているフィネスを抱き上げて、自分の上に跨らせる。

「上手にできたな」

キスをしながらフィネスの服を脱がせていく。

フィネスの身体は火照《ほて》っていて、隅々まで薄ピンクに染まっている。彼はすっかりその熱を持て余していた。

ルドルフはフィネスを組み敷くと、そこを大きく広げた。

「…私のものをしゃぶって、こんなになってるのか…?」

反り返るフィネスのペニスをきゅっと握ってやる。

「あ…ン……」

濡れた声を漏らすと、背をのけ反らせた。

フィネスの後ろに、香油で濡らした指を潜り込ませる。

既に準備のできているそこは、ルドルフの指でほぐされて、いやらしい音を立てる。

「…欲しそうだ」

ルドルフのそこは、さっき射精したばかりにもかかわらず、フィネスの艶めかしい姿に煽られて再び硬くなっていた。

ひくつくそこにペニスをあてるが、すぐには挿入せずに焦らすように入り口を突く。

「ラウ、ル……」

フィネスは、その焦れったさに小さく頭を振る。彼のそこは、ひくひくとルドルフのペニスを欲しがって口を開いていた。

「じ…、焦らす、な……」

フィネスはたまらず、手を伸ばして自分から迎えてしまう。

そんな淫らな男を見下ろしていたルドルフは、薄く微笑してぐいと中に押し入った。

「あ…ああっ…!」

フィネスの濡れた声は満足そうに尾を引く。

深く、浅く、ルドルフのペニスがフィネスを貫く。

中でルドルフのものが怒張して、中を数回擦られただけで、フィネスはイきそうになってしまう。

「あ、も……う…」

それでも、ルドルフがフィネスの根元をぎゅっと握って、射精させてくれない。

「や、あ…あ……っ」

フィネスはいやいやと頭を頭を振って、抗議する。

ルドルフはそんな彼の目尻に、キスをしてやると、握っていた指を少し緩める。

「あ、ああっ……」

ゆっくり奥まで深く貫かれるタイミングで、握っていた指が緩められた。

フィネスの硬く張り詰めたものは、呆気なく白濁したものを吐き出してしまった。

「可愛いな…」

揶揄うように云われて、フィネスは恥ずかしくて腕で顔を覆ってしまう。

「誉めているのに」

ルドルフはまだ自分を埋めたままフィネスを優しく見下ろすと、彼の腕を強引に剥がして口づけた。

「んんっ……」

フィネスは僅かに眉を寄せたものの、それでも入り込んできたルドルフの舌に自分の舌をか

らめてしまう。

ルドルフはフィネスに口づけながら、ゆっくりと抜き差しを繰り返す。

「あ…、っ……んっ」

イったばかりのフィネスにも、再び火が付いた。

抉られるような深いグラインドに、フィネスの柔らかい内壁もルドルフのペニスにねっとりとからみつく。

「ん、いいな…」

ルドルフも、眉を寄せてその快感に堪えた。

フィネスは夢中になって、中のものを締め付ける。

「あ、…お、っきい……」

フィネスの恍惚とした表情が、とんでもなくエロい。

だらしなく唇の端が下がって、唾液がツ…と糸を引く。

それを目の当たりにしたルドルフは、その淫靡さに背中がぞくんと震えた。と同時に、ルドルフのものがむくむくと体積を増す。

ルドルフが腰を引くたびに、内壁が擦り上げられて、それがもうたまらない。

「あ、も、っと……」

自分からもねだってしまった。

そんなフィネスに、ルドルフは答えるように、何度も中を突いてやる。

「は、…あ、あぁ……」

熱い息がひっきりなしにフィネスから漏れる。

自分の中のルドルフのものがどくどくと脈打って、フィネスを支配する。

強く緩く中を犯されていくたびに、フィネスはその波に溺れそうになっていくのだった。


「こんなにいい天気なのに、馬車に乗るのはもったいない」

フィネスは自分の馬にセオドアと一緒に跨ると、ルドルフの馬に並んだ。

タミー王女の誕生祝いの会には、セオドアも加えた三人で王宮に招待されていた。

一台の馬車にはセオドアの世話係の二人が乗り、もう一台にはルドルフたちの衣装や王宮への贈り物だけが大事そうに載せられている。

護衛には精鋭部隊をつけて前後を固める。

「このあたりは、セオドアは来たことがなかったな」

セオドアは初めて見る景色に興奮している。

「このあたりもファーガスの領地だ。あの谷には鍛冶《かじ》職人たちの村がある」

「えっと、…ラヌル村？」

セオドアは何かを思い浮かべて、遠慮がちに返す。

「これは驚いた。教師に教わったのか？」

「地図を…。地図の見方を教わったので」

「そうか！　もう地図が読めるのか。いいことだ。地図が読めると世界が広がる」

大袈裟に褒めるルドルフを、フィネスは微笑ましく見守る。

「そうだ、セオドア、この前聞いていたことを父上に尋ねてはどうだ？」

フィネスに促されて、セオドアは迷いつつもちらっと父を見る。

「なんでも聞くといい」

「あ、あの…、クレル川の上流の…サラ湖に近いところに×印があるのですが…」

「サラ湖？　古戦場跡の近くか？」

「あのあたりは古戦場なのか？」

フィネスが口を挟んだ。カーライルの領地とその周辺のことは熟知していたが、話題の地域はカーライルからはかなり離れていて、そのあたりの詳細な地図は初めて見たのだ。

「そう聞いている。たぶん×印は城跡ではないか。もっとも城と云っても小規模ですぐに潰されたようだ。今は城壁らしきものが一部残っているらしいが……」

セオドアは父の話を興味津々の顔で聞いている。

「その戦いがあったころはファーガスの祖先はまだ領主でも何でもなかった。いくつもの戦争で名を挙げて、ここまで成り上がってきた。カーライルのような名門とは違う。しかし卑下することはない。大事なのは領民にとってよい領主であることだから」

父の言葉をセオドアは神妙な顔で聞いていた。

「セオドアが馬に乗れるようになったら、行ってみるといい。ファーガスの原点の一つでもあるから」

「…行ってみたいです」

そのセオドアの答えに感慨を受けたのは、ルドルフとフィネスだけではなかった。彼らを護衛していた臣下も、領主親子の会話を漏れ聞いて、胸が熱くなっていたのだ。

セオドアのことを考えてゆっくり移動していたが、さすがに変わり映えのしない景色が続いてくるとフィネスに凭れかかってこくりこくりと揺れだした。昨夜は興奮もあってあまり寝られなかったせいもあるだろう。

「そろそろ限界のようだな。馬車で寝させよう」

カレンたちの馬車にそっと移動させる。

「これなら、予定どおりに都に入れるだろう」

「少し急ぐか」

フィネスの言葉にルドルフは頷くと、護衛の臣下に合図を送った。

都に近い街道筋は、各地から人が集まっていて賑やかではあるが、同時に盗賊団やら異民族の一団が出没しやすく治安がいいとは決して云えない。

ファーガス家の別邸は、王宮から歩いても半時間もかからない。周辺は諸侯の別邸が立ち並ぶ比較的治安のいい場所にあった。

ボルドーの親族に管理を任せているこの別邸は、久しぶりに訪れる主人のために、屋敷中磨き立てられていた。

一行が到着したときには既に日は暮れていた。食事の支度も整えられていて、彼らは明日に備えて、食事を済ませると早々に床に就いた。


「タミー王女、お誕生日おめでとうございます」

ルドルフは王女の前に進み出ると、胸に片手をあてて深く頭を下げた。

銀白に輝くフィネスの衣装とは好対照で、黒を基調にした衣装はルドルフの精悍な魅力を余すところなく引き出していた。黒地に銀糸で縫い上げられた見事な刺繍が、最新のデザインに重厚感を与えている。

二人が並ぶとそこだけ光が当たっているかのようで、嫌でも衆目を集めてしまう。

王女付きの侍女たちも興味津々の様子で、ちらちらと二人を見る。

「こちらは、私の息子にございます」

ルドルフに紹介されて、セオドアは教えられたとおりに礼儀正しく挨拶する。

「セオドア？　セオドアはおいくつ？」

王女に聞かれて、セオドアは隣にいるフィネスをちらと見上げる。フィネスが優しく微笑んで頷くのを見ると、意外にはっきりとした声で五歳ですと答えた。

「まだ小さいのね。六歳の従弟がいるからあとで紹介してあげるわ。パトリックって云うの。もうすぐ来るはずよ」

タミー王女は末っ子のせいもあって、お姉さんぶりたい年頃なのだ。

「…ありがとうございます」

特に笑顔もなくそれでも礼儀正しくセオドアが返す。

「セオドアよかったねえ。王女、セオドアはずっと緊張しておりまして……」

フィネスが思わずフォローしてしまう。

「いいのよ、まだ小さいんですもの。でもパトリックは気さくなタイプだから、緊張しなくて大丈夫よ」

八歳のレディに、フィネスはにっこりと微笑み返した。

「ありがとうございます」

その特上の笑みに、王女は頬を赤らめた。王女付きの侍女たちからも溜め息が漏れる。

それを見ていたルドルフは内心苦笑を漏らすと、ちょうど侍従が運んできた贈り物を王女に差し出した。

「本日は王女様への贈り物をお持ちしました。気に入っていただけるとよいのですが…」

それを見るなり、王女の目が輝いた。

「これは私の人形たちのお洋服なの?」

王女は急いでドレスを広げてみる。

「これはマーガレットに着せるわ。きっと似合うと思うの。メアリーにはこれね。あら、私のもあるわ。これってお揃いなのね? なんて素敵なんでしょう」

夢中になって小さなドレスに見入る。

フィネスの義姉のマギーのアドバイスによる人形作戦は大成功で、それどころかタミー王女の一つ違いの姉と人形のドレスの取り合いが始まりそうな勢いで、姉妹の人形の分も後日プレゼントするという約束をすることになってしまったくらいだ。

しかしそのおかげで、国王と王妃が広間に姿を見せたときに、タミー王女じきじきに紹介してもらうことができた。

「本日はお招きいただき、光栄至極に存じます。ルドルフ・ファーガスにございます」

ルドルフはうやうやしく頭を下げた。

「ファーガス侯とは確か以前にも会っているな？」

「はい。五年前ですが、そのときは父の付き添いでご挨拶させていただきました」

「もうそんなにたつか。先代はずいぶんと早く隠居されたが、そなたのような後継ぎがいればこそだな」

ルドルフは謝意を述べると、王妃の美貌を上品な言葉で褒め称《たた》えて、ついでに王女たちもウィットに溢れる形容で持ち上げた。そしてリサーチ済みの国王の最近の趣味に関して耳よりの情報をもたらし、自然な流れのように婚姻のことを切り出した。

背後でその会話を見守っていたフィネスは、強引なようでいて相手にはそれを感じさせないルドルフの話術にすっかり感心させられた。さすが、交渉事は得意だと自分で云うだけのことはある。

「ほう。で、その相手は？」

ルドルフは振り返ると、フィネスを国王に紹介した。

「そなたが？　これは驚いた。いや、しかし、似合いだ」

驚いたのは国王だけでなく、聞き耳を立てていた周囲の人間たちがどよめいた。

上流階級では同性婚はときおり見かけるとはいえやはり珍しいことには違いなく、しかも彼らのような美男カップルとなると当然話題にもなる。

そしてそれは、広間の片隅で初対面のパトリックと遊んでいるセオドアにも届いていた。

「きみの父上は、あの綺麗な男性と結婚されるの？」

「…うん」

「それは素敵だね！　綺麗なだけじゃなくて頭もよさそうだ」

フィネスを褒められて、セオドアの顔に僅かに笑みが浮かぶ。

「…うん。何でも知ってるし、乗馬も得意で…剣も…」

さっきまでの表情に乏しかったセオドアの控えめな笑顔を、パトリックはじっと見ていた。

「ねえ、きみの屋敷に遊びに行ってもいい？」

「え…、それは父上に聞いてみないと。それに遠いから…」

「それなら僕の屋敷に遊びに来てよ。ここからすぐだよ」

パトリックは、すっかりセオドアを気に入ったようだった。

広間でも既に国王は引き揚げて、ルドルフたちは招待客に取り囲まれた。女性に限らず、都の貴族たちの多くは、見目麗しい二人と親しくなりたがった。

それでも二人は特に愛想を振りまくこともなく、特にフィネスは失礼にならないギリギリのクールさで淡々と応じる。その媚《こ》びない対応が、更に女性たちのハートを揺さぶるのだ。

彼らは強烈な印象を残して、祝いの会を後にした。


翌朝、彼らは早々に別邸を発った。

予定ではルドルフだけはあと数日滞在して知人に会うことになっていたが、その知人が体調を崩したとのことで、フィネスたちと一緒に帰ることにしたのだ。

空模様が怪しかったこともあって、ルドルフに勧められてフィネスとセオドアは馬車に乗ることにした。

ずっと寝付かれなかったセオドアは、フィネスに凭れかかって居眠りを始める。フィネスは愛しそうにセオドアを引き寄せて、昨夜のルドルフとの会話を思い起こしていた。

「順調すぎるほど順調だな」

国王から婚姻の許可が出たことで、書類もすぐに発行される手はずになっていた。

これで自分たちの結婚を公にすることできる。今後はこれまで以上に堂々とファーガスはカーライルの支援ができるし、カーライルの知名度をファーガスは利用できる。スローンに歩み寄るつもりの諸侯たちも慎重にならざるを得ないだろう。

「香水や便箋もあっさり許可が出たな」

申請すれば何か月も待たされることをフィネスは知っていた。ルドルフがダメ元で国王の側近に特産物の話を振ってみたところ、少々もったいぶられたものの、結果的にはよい返事がもらえたのだ。

「許可だけでけっこうなマージンをとることができるんだから、王宮としては美味《おい》しい案件のはずだ」

ルドルフの言葉はその通りだが、だからといって許可を出しすぎては質の低下に繋がるし、それは王室の権威も脅かす。それだけに許可を出すには慎重といえば慎重だ。

王宮としては積極的に許可を出したいところだが、安売りもできない。そういう現状で、ファーガスとカーライルという信頼のおける諸侯からの要請であり品質も申し分ないとなれば、断る理由はないだろう。

「これほど順調にいくことは滅多にない。こういうときこそ慎重にならないとな」

ルドルフは少し身を引き締めるように云った。その言葉がフィネスには気にかかった。

「何か気になることでも？」

「いや。特にはない。だからこそだ」

都は陰謀が渦巻く。足の引っ張り合いは珍しいことではない。

「今回は少々目立ちすぎた。そのことでの恩恵もあったが、おもしろく思わないものは当然いるだろう」

「そうだな。私も気を付けよう」

フィネスは頷いた。

「それにしてもセオドアがマーカス候の三男坊に気に入られるとは、予想外だったな」

ルドルフはどこか誇らしげだ。パトリックの父のマーカス候は王妃の弟。自分の息子が王族の誰かに気に入られたのだから自慢に思うのは当たり前のことだが、フィネスは少し不安に思っていた。

ルドルフは、直接パトリックにお願いされて、彼を屋敷に招待する約束をしたのだ。もちろんマーカス候が許可するかどうかはわからないが、フィネスはそのことがセオドアのプレッシャーにならないとも限らないことを心配していた。

もしルドルフが、この関係を利用しようと思っているとしたら…。

「とはいえ、なかなか悩ましい問題だ。王宮との繋がりができるのはファーガスのためには重要だが、だからといってセオドアを面倒に巻き込みたくはない」

それを聞いてフィネスはほっとした。と同時に、彼が自分と同じように考えているのが心から嬉しかった。

「…私も同感だ」

無意識に微笑を浮かべていた。

「ただそれとはべつに、セオドアに同世代の遊び相手ができればいいとは思う」

フィネスはセオドアがパトリックと一緒にいる姿を見て、心からそう思ったのだ。

「そうだな。少しずつそういう機会を作ってやろう」

ルドルフの言葉には親としての気遣いが溢れていて、フィネスは胸が温かくなる。話すたびに、彼への信頼が広がる。

ファーガスのように豊かな領地をもつ領主の中には、領地を臣下に任せて、年の大半を都で過ごす者も少なくない。社交を仕事だと言い訳して、毎夜の夜会ですっかり都の毒に犯されていくのだ。

昨日紹介された中にはそういう諸侯も何人かいて、胡散《うさん》臭そうに自分たちを見ていた。

苦労して手に入れた地位を脅かされるとでも思っているようだったが、ルドルフたちが彼らの立場を羨ましく思うはずがない。何といっても、二人とも毎夜の夜会で消費する生活よりも領地運営の方がずっとおもしろいと思っていたのだから。

いつしか黒い雲も流れていって、綺麗な青空が現れる。不穏な空気などまるで感じられない。ほんの二日前に通ったのと同じ道で、そのときと同じ光景だ。

谷筋の道にさしかかると、道幅が少し狭くなる。速度を落として進むと、ひときわ高い鳥の鳴き声がした。

「…なんだ？」

先頭で護衛をしていたカーチスが不審そうに山肌を見る。鳥の鳴き声とは少し違う気がしたのだ。目を凝らすと、小石がバラバラと降ってくるのに気づいて、その上に視線を上げる。

「カール！　ハリス！」

カーチスは振り返ると、部下に大声で指示を出す。

馬車が急停車し、ガクンと大きな衝撃がしてセオドアは目が覚めた。

その直後、大きな音を立てて岩が転がってきて道を塞いだ。そして武装した盗賊団が彼らの前に飛び出してきた。

「何が……」

フィネスは、盗賊たちが一斉に馬車に突進してくるのを目にした。

馬車が激しく揺さぶられて、セオドアはフィネスにしがみつく。

「フィ、フィン……」

フィネスは片手をセオドアの身体に回すと、しっかりと抱きしめた。

「大丈夫だ。おまえには指一本触れさせない」

そう云うと、腰の刀に手をかける。

「こっちだ！　ガキが乗ってるぞ！」

「おい、聞いてたより護衛の数が多いぞ」

「ファーガス侯は別行動じゃなかったのかよ」

「しっ。今更仕方ねえだろ。とりあえずガキを奪うんだ。さっさとしろ！」

奴らの怒鳴り声に、フィネスは顔色を変えた。やたらと事情に詳しい。どうやらただの盗賊団ではなさそうだ。

馬車の外ではルドルフやカーチスたちが、馬車に群がる輩《やから》を剣で撃退していく。それでも盗賊たちの数は多く、更に激しく馬車を揺さぶられる。

「なにを……」

衝撃で馬車の扉が外れてしまい、男たちが飛び乗ろうとしてくる。フィネスは躊躇することなく奴らを剣で追い払った。

それでも次々に飛びかかってくる奴らの剣のひとつが、フィネスの上腕を襲った。

「フィネス！」

叫んだのはルドルフだった。フィネスの血が飛び散る。

「…貴様、オレの大事なものに何してくれてんだ…」

ルドルフの目の色が変わった。激しい怒りのオーラに、盗賊たちも怯《ひる》む。

次々と盗賊どもを斬って捨てて、フィネスの血のついた剣を持つ男を引きずり降ろすと、その剣を奪い、喉を刺した。

「ぎゃあっ！」

勢いよく血が迸《ほとばし》る。

「すぐには死ねない。死ぬまで苦痛を味わえ」

無慈悲な目で一瞥すると、他の男たちも馬車から引き剥がしていく。

フィネスも、腕から血が滴るのも顧みず応戦する。みるみる血が溢れて上着の一部が真っ赤に染まった。

それを見たセオドアがパニックに陥った。

「…血が…。血が……」

真っ青な顔で首を振る。

「セオドア？」

「ば、馬車が…。馬車が」

目の焦点が合っていない。うわ言のように何か呟いている。

「い、いやー！」

いきなり叫んだ。悲痛な声だった。

「セオドア！」

視線は宙を彷徨《さまよ》ったまま、セオドアは言葉にならない声で何度も叫んだ。

彼は思い出したのだ。養父母の最期を。彼を愛して育ててくれた両親も馬車で出かけたときに、街道で盗賊に襲われたのだ。

あのとき、両親は足元にセオドアを隠した。決して声を上げないようにと云い残して。

セオドアは云いつけどおりに口を両手で押さえて蹲《うずくま》っていたが、両親たちに何度も剣が振り下ろされるのを見てしまった。血がいたるところに飛び散ってセオドアにもかかった。

盗賊たちは二人の亡骸《なきがら》を馬車から引きずり降ろして、身ぐるみを剥いで荷物も奪った。

セオドアが見つかるのは時間の問題だった。しかし盗賊の襲撃で車輪にダメージを受けてしまったために、バランスを崩して崖を滑り落ちていった。セオドアは転がる馬車の中で頭を強く打って気を失った。

恐ろしい夜が二回過ぎて、通りがかった旅人が崖の途中に引っ掛かっている馬車に気づいてくれて、セオドアは奇跡的に助け出された。

骨折と衰弱で生死の境を彷徨ったセオドアの意識が戻ったときには、彼は恐ろしい出来事のすべてを忘れてしまっていた。それが幼児なりの防衛本能だったのだろう。

一時的に彼を保護した養父の従弟夫婦は、セオドアが悲惨な出来事を受け止めきれないことに同情して、養父母が事故に遭ったときその場にセオドアはいなかったと説明した。

セオドアはそれを信じたが、それ以降養父母のことを思い出すとわけのわからない不安や恐怖に襲われてしまって、彼らとの思い出も何もかもに蓋をするしかなかったのだ。

それが、この襲撃で記憶の蓋が開いてしまった。


「セオドア、大丈夫か？」

フィネスの声もセオドアの耳には届かない。

そのとき、セオドアの前に剣が振り下ろされようとして、それをフィネスが身を挺《てい》して庇った。フィネスの血がセオドアの頬にかかる。

「え……」

はっと我に返ると、フィネスが自分に覆いかぶさって盾になってくれていることに気づく。

その隙間から見えたのは、自分たちを守るために剣を振るう父の姿だ。

両親が盗賊に襲われたときの姿とオーバーラップして、セオドアは更に混乱した。

助け出されるまでの、恐ろしかった夜のことまで思い出されてしまう。傾いた馬車の中で身動きできなかったことや、血の匂いで寄ってきた獣の唸《うな》り声まで。

ずっと思い出さないように蓋をしてきたあのときのことが、つい先日のことのように鮮明に思い出されてしまう。

今もまた自分だけが取り残されるんじゃないか。それが恐ろしくて、身体がガタガタ震えてくる。

「フィン！　セオドア！　大丈夫か」

ルドルフが馬から馬車に飛び移った。

「ラウル……」

ルドルフは自分のシャツを裂くと、フィネスの上腕をしっかりと止血してやる。

「もう大丈夫だ」

数で圧倒的に上回る盗賊団だったが、ルドルフが誇る訓練された護衛たちに敵《かな》うはずもなく、着々とその数を減らしていく。

襲撃は失敗だと認識したらしく、残った者たちは慌てて撤退していった。

「セオドア…」

フィネスが震えるセオドアを抱きしめる。が、セオドアは過去と現実がオーバーラップして、完全にパニック状態に陥ってしまった。

強い眩暈《めまい》と頭痛にぎゅっと目を閉じる。

意識が遠くなっていって、そのまま眠りに引き込まれていった。


その後のルドルフの動きは素早かった。

彼らの背後に首謀者がいると考えて、カーチスたちに盗賊団のリーダーを探させた。

カーチスは密偵を使って奴らの所在を突き止めて、首謀者の名前を吐かせることに成功した。

それはスローン侯の実弟のグインだった。スローン侯のような狡猾さもなく、領主である兄への点数稼ぎにセオドアを誘拐してファーガス侯を脅すことを考えたらしい。それが実兄の足を引っ張ることになるとは考えもせずに。

グインは王宮の役人を買収してファーガス一行の予定を流させて、護衛が手薄になりそうな帰途を狙ったのだ。

それを知ったルドルフは、強い怒りと同時に体調を崩した知人に感謝した。予定どおりに別ことになる。

行動になっていれば、自分がいないところでフィネスとセオドアが危険な目に遭っていたこ

「ただで済むと思うな」

報告をした臣下が、グインを捕らえて首を刎《は》ねるのではないかと震え上がるくらい、ルドルフの怒りは強かった。

証拠を揃えられて言い逃れができないと悟ったスローン侯は、愚弟のために取り引きを申し出た。王宮が介入すれば、グインは罪人として裁かれてしまう。諸侯同士での揉《も》め事は両者で話し合うことが認められていたのだ。

多額の慰謝料に加えて領地の一部を譲るなど、スローン侯は最大限に譲った形だった。事件を公にするよりもファーガスにとっては充分に旨みはあった。

しかしルドルフは聞く耳を持たなかった。王宮にすべてを報告して相応の報いを受けさせると決めていた。

実際には王宮に事件を預けたところで、グインの屋敷や領地は王宮が没収することになるだけでファーガスが得るものは殆どない。それでもグインが捕らえられ、スローン侯も領主として相応の責任を追及されることは、ルドルフにとっては充分に意味のあることだった。

スローン侯はこれまで王宮の側近に金を渡して便宜を図ってもらってきていたが、今後は彼

らもスローン侯からは距離を取るだろう。それがスローンの力を削《そ》ぐことに繋がる。

ただルドルフは、そうした政治的なこと以上に、自分の身内を傷つけるものは決して許さないという強い意志を示したのだ。

彼にとっての唯一の弱味ともいえる、フィネスとセオドアの存在を脅かした卑劣さを、許すつもりなどなかった。

そういう強いメッセージを残すことは何より重要だ。取り引きでどうにもならないことがあることを、ルドルフははっきりと示した。


父がそうやって敵を追い詰めている間、セオドアもまた闘っていた。

夢の中で殺されたときの養父母の姿が蘇って、それがフィネスと父に重なる。

身体中の痛みと寒さの中、獣の気配をすぐ近くに感じて恐怖で身が竦む。外に投げ出されていたら文字通り獣の餌食になっていたかもしれない。もしかしたら両親の遺体も…。

夢の中でそれが現実になる。

誰か、誰か、助けて……。

「セオドア！」

強い声がした。

誰？　フィン？　父上？　それとも……。

『テッド、私たちは大丈夫』

『ずっと見守ってるよ』

だれ？　でも、知ってる声……。マム？　ダッド？

もう一度呼ばれた気がして、振り返る。…と、突然腕を掴まれた。

「い、いやあああ！」

叫んで、自分の声で目が覚めた。

「セオドア！」

飛び起きたところを抱き留められた。力強い父の腕だった。

「ち、父上…」

「大丈夫か」

セオドアは、突然堰を切ったように泣き出した。

「マ、マム！　ダッドぉ！」

彼が声を上げて泣くのを初めて聞いて、ルドルフもフィネスも驚いたが、それでも気が済むまでずっとあやしてやった。

「こ、怖かった…」

しゃくりあげながら云う。

「怖い思いをさせて悪かった。もう大丈夫だ」

父の筋肉質の腕は逞しく、セオドアはそれにしがみつく。

「セオドア、何も我慢しなくていい」

フィネスが優しく髪を撫でてくれる。

その安心感に、セオドアは再び声を上げて泣いた。

ずっと泣くこともできずにいたのだ。

自分を愛してくれて、たくさん愛してくれて、そして最後まで守ってくれたマムとダッドを忘れてしまっていてごめんなさい。

二人のことを、そして優しかったあの日々を思って、セオドアは泣き続けた。


養父母のことを思い出したセオドアは、暫くは混乱したり戸惑ったりしていたが、それでも父とフィネスが自分を見守ってくれていることがもうわかっていたので、少しずつ受け入れることができるようになっていった。

そしてセオドアが自ら、テッドと呼んでほしいと云ったときには、フィネスはうっかり泣きそうになってしまって、必死で涙を堪えた。

「テッドは、よく笑うようになった」

それも、それまでの控えめなものではなく、子どもらしい無邪気な笑みを見せるようになっていたのだ。

「シェリー様が、ラウルの子どものころに似すぎていて不気味なくらいだと仰っていたな」

「不気味とは…。いかにも母上らしい」

苦笑して肩を竦めた。ルドルフの母のシェリーは、フィネスに連れられて遊びにきたセオドアを可愛がってはくれたが、それでも溜め息交じりに云ったのだ。

「今はまだ可愛いが勝ってるけど、もっとラウルに似てくると、そのうち鼻持ちならない態度が目に余るようになるかもしれないわ。気を付けてね」

それを思い出して、フィネスは小さく笑った。

鼻持ちならないセオドアなど想像できないが、それでも可愛いに違いないと思う。

何より、ルドルフとそっくりのセオドアの成長を傍でずっと見ることができるなんて、フィネスにとっては楽しみでしかない。

「…その様子だと、母上からいろいろ私の悪口を聞いたようだな」

確かに彼女は息子の子ども時代のエピソードをいくつか話してくれた。それは決して自慢話ではなく、失敗談や笑い話のようなものだったが、それでもそこに彼女の深い愛情が垣間《かいま》見えて、フィネスは飽きることなく聞き入った。

「シェリー様から招待客のリストをいただいてきた。迷惑でなければできるだけお任せしたいと思っている」

「迷惑なものか。やりたくてうずうずしているはずだ。このところ派手なパーティを開いていなかったからな」

「それならよかった。私の母はそういうのが苦手というか…。カーライルは財政的に厳しくてそういう余裕もなかったから、慣れてなくて。なので助かる」

二人の婚姻式の準備も進みつつある。フィネスが考えていた何倍も規模の大きなものになりそうで、彼にとっては煩わしくはあったが、それでもカーライルとファーガスの結びつきを確固なものにするための仕事の一つと、割り切ることにした。

「…初めてフィンと会ったときには、まさかこんなことになるとは思わなかった」

ルドルフはそのときのことを思い起こしながら、フィネスの顔を覗き込んだ。

「それは私だって…」

「第一印象は、やたら綺麗で喧嘩腰の若造といったところかな」

フィネスは苦笑を返す。

「ラウルの第一印象…、オーラが強くて腹に一物持ってそうな…」

「おいおい、ひどいな」

笑って、口づけた。

「フィンのとげとげしてるとこに、ぐっときたな」

「…趣味が悪いな」

「そうか？　美しい花には棘《とげ》があると、まさにそのとおりだと思ったのだが。綺麗でクールで頭がよくて、私の好きなタイプだった」

顔を傾けて上目づかいにフィネスを見ると、彼の紅い唇に視線を当てた。その視線を感じたフィネスの視線が少し泳ぐ。

ルドルフの唇がうっすらと微笑むと、フィネスの指に自分の指をからませて、喉仏を狙うような角度でフィネスの唇を捕らえた。

からませた指に力を込めて更に強くからみつかせる。逃げるつもりのないフィネスも、自由を奪われたことで思わず身体を引いてしまう。その瞬間、ルドルフの舌がフィネスの口の中を犯し始める。

ときどき、ルドルフのキスはどこか獰猛さが混じって、フィネスは奪われそうな感覚に僅かな恐怖を感じる。が、情熱的なキスにすぐにそれは甘美なものに変わる。

フィネスは、彼に抱かれることにこれ以上ない幸福を感じていた。


その日は、朝から二人の旅立ちを祝福するかのような、目も覚めるような青天だった。

「旦那様、国王陛下からお祝いが届いております」

使用人頭のボルドーが、感極まった表情で国王からの祝いの品を運んできた。

国王の家紋の入った陶器の大皿だった。

「これは…」

それは国王からの特別の親愛の情を示したものだとされている。

「…カーライルのお蔭だな」

「いや、兄上の婚姻のときにはいただけなかった」

フィネスが溜め息まじりに云った。フィネスの兄の婚姻のときは、祝い状が送られただけだった。それでも他の諸侯では望めないことだ。

つまり、ファーガスのこれまでの実績が国王にも認められたのだろう。

「そうなのか…」

そのことの重みと名誉に、ルドルフの表情が引き締まる。

「だが、やはりカーライルの家柄があってのことだ」

ファーガスの実績だけを評価すると不満が出る場面もあるが、カーライルと結びついたことでその不満を封じ込めることができた。それはファーガス家だけでなく、評価する側にもいい口実になっている。

「恐らく、今後は王宮への窓口が特別になるはず。要望書などに特別な配慮がもらえる。父上からそのような話を聞いている。そのうち公式に通達があるだろう」

「それはありがたい。これで誰憚ることなく、カーライルに援助ができるな」

ルドルフは穏やかな目でフィネスを見た。

「手を取り合って発展していこうじゃないか」

「ラウル…」

フィネスの腰に腕を回して抱き寄せると、ルドルフは彼の形のいい唇にそっと口づけた。

「…旦那様、そろそろお支度を」

ボルドーがこほんと咳をして、ルドルフを急かす。

「フィネス様は隣のお部屋でお着替えを…」

フィネスはルドルフから離れると、部屋を移動した。

そこで待ち構えていたテーラーのサリーヌは、フィネスに向かって片膝をついて挨拶をした。

「本日はおめでとうございます。このよき日のお手伝いができますことは、私どもにとってこの上なく光栄なこと。精一杯お世話させていただきます」

「ありがとう。よろしく頼む」

サリーヌは、工房から何人もの弟子を連れてきていて、手際よく着付けを始めさせる。

純白の絹糸に銀糸を混ぜて織った衣装は眩いほど煌めていて、フィネスの美貌を殊更に引き立てる。

「お美しい。苦労した甲斐がありました」

サリーヌは大袈裟なため息をついて惚れ惚れした顔でフィネスを見ると、一旦弟子に任せてルドルフの元に急いだ。

サリーヌの着付けが整ったころを見計らって、既に準備のできたセオドアが世話係に手を引かれて部屋を訪れた。

「テッド！　もう支度できたのか？」

フィネスがセオドアを見るなり、慈愛に満ちた目で彼を呼んだ。

セオドアは目を真ん丸にして、今日から公式に自分の親となる人物を見つめていた。フィネスの礼装姿が輝くばかりの美しさで、圧倒されたのだ。

「……どうした？」

フィネスが少し心配そうにセオドアを見ると、天使のような少年ははっとして、次に少し恥ずかしそうに目を伏せた。

「お、おめでとうございます」

綺麗過ぎるフィネスが眩しくて、セオドアは直視できない。

「テッド、キスをしてくれないのか？」

フィネスは優しい目でセオドアを見る。

セオドアは少し躊躇いがちに、フィネスの頬にキスをした。

「テッド、よく似合っている。まるで天使みたいだ」

「フィンも、すごく綺麗で…」

思わずそう云ってしまって、でも恥ずかしくてまた俯いてしまう。それでも以前のことを思えば、驚くほど表情豊かになっていた。

もうあと数年もたてば、ルドルフのように自信に溢れた顔をするのかもしれない。

更に数年たてば界隈の男女を端から虜にしていくのだろうかと想像して、フィネスは苦笑してしまう。

「では、二人でお父様のところに行こうか」

「…はい」

セオドアと手を繋ぐと、ルドルフを迎えに行った。

ルドルフはフィネスを見るなり、誇らしげに微笑んで見せた。そしてそれはフィネスも同じだった。男らしい精悍なルドルフも、純白に金糸が織り込まれた衣装が驚くほど似合っていたのだ。

「やはり貴方は美しい。今日の日が持てたことは、これ以上ない悦びだ」

セオドアと繋いでいない方の手をとると、甲に口づけた。

「…テッドも王子様のようだな」

可愛く凛々しい我が子を抱き上げて、キスをする。

「では行こうか」

「はい」

ひらりと二人のマントが舞う。

待たせていた馬車は、婚礼用に飾り立てられていて、幌は外されて領民たちから三人の姿が見えるようになっている。

護衛のカーチスたちも、婚礼仕様の衣装を着て待機している。

教会まで道には、領主一家の姿を一目見ようと多くの領民たちが集まっていた。

馬車が近づくと、領民たちは花びらを舞い上げた。それは日に照らされてキラキラ光る。

この国の美しい未来が約束されているようだった。

あとがき

美しい小禄《ころく》さま（感謝感謝）のイラストで手に取ってくださった皆さま、あざす！　いつもの読者さまには、更にあざす！（感涙つき）

こちらは、中世ヨーロッパ風味のコスプレものとなっております。時代設定無視で、土地名や人名もイギリス系ドイツ系をはじめ、わざとごちゃ混ぜにしています。貴族の素敵お衣装も、男子はタイツではなくロングブーツにしていただきたい。ビジュアル重視です、誰がなんと云おうと！

今回は子育てものということで（結果的にそうなっただけなのですが）、担当さんからいろいろレクチャーをいただきました。

ほわほわしたあたたかい家族の話をめざして、私なりにがんばりました。

小さい子どもが出てくるお話は大好きで、書いていても楽しいです。今回は時代ものでもあるので、現代ものとは違う小さい子の描写ができて、書いてる自分もずっとほわほわしていました。（ほわほわは鬼滅のパクリです）

どうぞたくさんの方に読んでいただけますように。

二〇二〇年二月　義月粧子《よしづきしょうこ》

Cocktail Kiss Label

カクテルキス文庫

好評発売中！！

◆伊郷ルウ
- 天狐は花嫁を愛でる　明神 翼 画　本体639円＋税
- 赤ちゃん狼が縁結び　小路龍流 画　本体685円＋税
- 異世界で癒やしの神さまと熱愛　えとう綺羅 画　本体685円＋税
- 熱砂の王子と白無垢の花嫁　えとう綺羅 画　本体685円＋税
- 花嫁は豪華客船で熱砂の国へ　水綺鏡夜 画　本体685円＋税

◆上原ありあ
- 囚われた砂の天使　有馬かつみ 画　本体639円＋税

◆えすみ梨奈
- 天才ヴァイオリニストに見初められちゃいましたっ！　立石 涼 画　本体685円＋税

◆高岡ミズミ
- 恋のためらい愛の罪　蓮川 愛 画　本体632円＋税
- 今宵、神様に嫁ぎます。～花嫁は強引に愛されて～　緒田涼歌 画　本体573円＋税
- 恋のしずくと愛の蜜　蓮川 愛 画　本体639円＋税

- 竜神様と僕とモモ ～ほんわか子育て溺愛生活♥～　タカツキノボル 画　本体639円＋税
- 情熱のかけら　えとう綺羅 画　本体685円＋税
- 月と媚薬　立石 涼 画　本体685円＋税
- 溺れるまなざし　やすだしのぐ 画　本体685円＋税

◆橘かおる
- 神獣の寵愛 ～白銀と漆黒の狼～　明神 翼 画　本体573円＋税
- 神獣の溺愛 ～狼たちのまどろみ～　明神 翼 画　本体630円＋税
- 黒竜の花嫁 ～異世界で王太子サマに寵愛されてます～　稲荷家房之介 画　本体639円＋税
- 神の花嫁　タカツキノボル 画　本体648円＋税
- レッドカーペットの煌星　明神 翼 画　本体685円＋税
- その唇に誓いの言葉を　実相寺紫子 画　本体685円＋税
- 神主サマはスパダリでした　タカツキノボル 画　本体685円＋税
- 黒竜の寵愛 ～異世界で王太子サマと新婚生活～　稲荷家房之介 画　本体685円＋税
- 神様のお嫁様　タカツキノボル 画　本体685円＋税
- 王宮騎士の溺愛　タカツキノボル 画　本体685円＋税
- 妖精王と麗しの花嫁　香坂あきほ 画　本体685円＋税

◆中原一也
- 野良猫とカサブランカ　実相寺紫子 画　本体591円＋税

◆火崎 勇
- ランドリーランドリー　有馬かつみ 画　本体685円＋税
- 夕闇をふたり　実相寺紫子 画　本体685円＋税

◆日向唯稀
- Dr.ストップ ―白衣の拘束―　水貴はすの 画　本体600円＋税
- Bitter・Sweet ―白衣の禁令―　水貴はすの 画　本体618円＋税
- 獄中 ―寵辱の褥―　タカツキノボル 画　本体685円＋税

◆妃川 螢
- オーロラの国の花嫁　えとう綺羅 画　本体573円＋税
- 誑惑の檻 ―黒皇の花嫁―　みずかねりょう 画　本体630円＋税
- ラブ・メロディ ―執着の旋律―　せら 画　本体648円＋税
- ラブ・メロディ ―情熱の旋律―　せら 画　本体685円＋税
- 王と剣 ―マリアヴェールの刺客―　みずかねりょう 画　本体685円＋税
- 恋の孵化音 ―Love Recipe―　かんべあきら 画　本体685円＋税
- 金融王の寵愛　海老原由里 画　本体685円＋税
- 禁断ロマンス　朝南かつみ 画　本体685円＋税

◆藤森ちひろ
- 愛執の褥 ～籠の中の花嫁～　小路龍流 画　本体618円＋税

◆森本あき
- 魔王の花嫁候補 ～下級魔法使いの溺愛レッスン～　えとう綺羅 画　本体685円＋税
- 希少種オメガの憂鬱　立石 涼 画　本体685円＋税

◆義月粧子
- 宿命の婚姻 ～花嫁は褥で愛される～　みずかねりょう 画　本体582円＋税
- かりそめの婚約者　水綺鏡夜 画　本体630円＋税
- オメガバースの不完全性定理　星名あんじ 画　本体685円＋税
- オメガバースの双子素数予想　星名あんじ 画　本体685円＋税
- オメガバースのP対NP予想　星名あんじ 画　本体685円＋税

【電子書籍配信】

◆妃川 螢
- 不敵な恋の罪　タカツキノボル 画　本体857円＋税
- ワガママは恋の罪　タカツキノボル 画　本体857円＋税

Cocktail Kiss Label

カクテルキス文庫をお買い上げいただきありがとうございます。
先生方へのファンレター、ご感想は
カクテルキス文庫編集部へお送りください。

〒102-0073　東京都千代田区九段北1-5-9-3F
株式会社Jパブリッシング　カクテルキス文庫編集部
「義月粧子先生」係　／「小禄先生」係

◆カクテルキス文庫HP◆ http://www.j-publishing.co.jp/cocktailkiss/

諸侯さまの子育て事情

2020年3月30日　初版発行

著　者　義月粧子

発行人　神永泰宏

発行所　株式会社Jパブリッシング
〒102-0073　東京都千代田区九段北1-5-9-3F
TEL　03-4332-5141
FAX　03-4332-5318

印刷所　中央精版印刷株式会社

ISBN978-4-86669-275-3　Printed in JAPAN